刘辉 艾翎 著

DEEP

SHADOWS OF THE MIND

深洞

新世界出版社
NEW WORLD PRESS

图书在版编目（CIP）数据

深洞 / 刘辉，艾翎著. — 北京 : 新世界出版社，2018.4

ISBN 978-7-5104-6490-4

Ⅰ. ①深… Ⅱ. ①刘… ②艾… Ⅲ. ①长篇小说－中国－当代 Ⅳ. ①I247.5

中国版本图书馆CIP数据核字(2018)第061399号

深洞

作　　者：刘　辉　艾　翎
责任编辑：黄　倩
责任印制：王宝根　苏爱玲
责任校对：宣　慧
出版发行：新世界出版社
社　　址：北京西城区百万庄大街24号(100037)
发 行 部：(010)6899 5968　(010)6899 8705（传真）
总 编 室：(010)6899 5424　(010)6832 6679（传真）
http://www.nwp.cn
http://www.nwp.com.cn
版 权 部：+8610 6899 6306
版权部电子信箱：nwpcd@sina.com
印　　刷：北京亚通印刷有限责任公司
经　　销：新华书店
开　　本：880mm×1230mm　1/32
字　　数：200千字　印张：7.5
版　　次：2018年4月第1版　2018年4月第1次印刷
书　　号：ISBN 978-7-5104-6490-4
定　　价：38.80元

目录 CONTENTS

引子

1

荒草萋萋的山坡延绵向西，颜色由深渐浅地终于与天际相融。被碎石和杂草遮蔽了一半的洞口外鸦默雀静，静得连一丝风都没有。

透过杂草向洞口里望去，隐隐地可以看到一条轨道蜿蜒着伸进矿洞。铁轨有些部分或扭曲或隆起或断裂，锈迹斑斑的。轨道间的枕木横七竖八地躺在铁轨边，有的已经腐朽不堪，有的似乎被动物啃噬过，烂糟糟的。

散落的碎石遮掩着的铁轨时隐时现，断断续续地向黑暗无底的矿洞深处延伸进去。铁轨两旁随处散落着被丢弃的采矿工具、矿帽、矿灯。铁轨旁边歪倒着一辆辆破旧的矿车，矿车里的矿石散落一地。这一切都在无声地诉说着曾经的往事，让人浮想联翩。

一个瘦弱的小女孩儿小心翼翼地来到洞口。她十四五岁，长相普通，身材单薄孱弱，看上去就像个小学生。她的头发胡乱地一把抓起束在头顶，穿一身碎花连衣裙，脚上一双白色帆布鞋，背着一个式样普通的双肩背包。她神情有些慌乱，行动却异常谨慎。她在洞口向里张望了一下，又紧张地回头向身后看了看，顿了一下，终于下定决心向洞里走去。

矿洞里阴森昏暗，寒气逼人，静谧诡异，黑幽幽死寂间似乎暗藏着危险的诱惑。女孩儿进洞后没走多远便陷入完全的黑暗之中，她有些慌了，更多的是害怕。她摸索着勉强向前走了一小段路便停了下来，微微闭了闭眼睛，努力适应着黑暗的环境。

她从背包里摸出一个打火机，啪的一声打着，借着微弱的火光，她勉强可以看清脚下的路。深吸了一口气，又继续往前走了几步，脚下碎石被她踩过发出稀里哗啦的声响。这声音在静悄悄的矿洞里被无限放大，回声一波一波地久久没有散去。

女孩儿不禁打了一个寒战，身体不由得随之晃动了一下，手被打火机烫到，她不自觉地松了手。女孩儿再次陷入黑暗，黑暗似乎更加深了一层。女孩儿蹲下身，双手在地上摸索着，同时朝来时的洞口方向看去。洞口的光亮已经变得很小了，朦胧间，就像黑夜里的半个残月，模模糊糊地挂在矿道的斜后方。

四周一片漆黑，除了自己的喘息声听不到任何其他的声音。女孩儿不由得双手交叉抱住自己的双臂，脖子缩紧，缓缓转身又向矿洞深处望去。里面更是黑漆漆的，就像一块黑布严丝合缝地挡在眼前。一股无形的恐惧感在女孩儿的心底油然而生，她的心随之抑制不住地狂跳起来。她闭上眼睛，努力想使自己镇定下来，却发现自己的脚下似乎变得软绵绵的，站立不稳。她又深深地吸了口气，努力想定住神，却忽然觉得身体像风中的树叶般忽悠悠地飘飘荡荡起来。

"哗啦"一声，把女孩儿从虚无缥缈中拽了回来。她不自觉地牙齿咬紧，双眼瞪得大大的，屏住呼吸，浑身紧张得就像绷紧的弦一样。她向着发出声响的方向望去——不是很远的地方，伸手不见五指的黑暗中影影绰绰地有两只绿豆般大小的小绿眼正阴险地盯着她。

女孩儿一动不动地看着小绿眼，小绿眼也同样一动不动地盯着女孩儿。矿洞里即刻恢复了寂静，更加异常的寂静，静得瘆人。女孩儿这时已经适应了黑暗，她看清了小绿眼的后面还隐隐地有更多双暗绿色的小眼睛，它们也在一齐盯着她看。

女孩儿这时眼底深处闪过一抹怨恨，眼神逐渐从恐惧转为倔强。她摘下书包，奋力向小绿眼们扔去，随着书包落地的声音，小绿眼们嗖嗖嗖地全都一下子逃走了，留下一片窸窸窣窣的声响。很快，洞里又恢复了平静。小女孩儿脱掉一只鞋，另一只脚把鞋子踢到与书包相反的一个方向。然后她把手腕上的翡翠镯子脱了下来，捧在手心里，轻轻地抚摩着，又放在唇边轻吻着，泪水瞬间汩汩涌出。少顷，她咬了咬牙，果断地把镯子狠狠地向地上摔去。镯子顿时碎成了几块，散落一地。接着女孩儿头也不回坚定地向矿洞深处跑去……

2

小女孩儿光着一只脚在矿洞里摸索着，脚底已经被地上的碎石子磨破，她走过的碎石上留下了点点血印。突然前方一束微弱的矿灯光从黑暗中划过，紧接着似乎听到有人低沉说话的声音。

矿灯光束随着人的走动在黑暗的矿洞里由远及近地晃动着，向着女孩儿的方向逼近，女孩儿急忙四下寻找藏身之处。她摸索到一块突起的矿石壁后面，双脚并拢，把裙子裹紧夹在两腿间。两只胳膊紧紧地缩在腰旁，让自己像个纸片一样紧贴在石壁后边躲藏起来。

说话的声音伴随着脚步声渐渐地来到离女孩儿不远处停了下来，女孩儿侧耳倾听，感觉到来人应该是两个人。她微微探出半个头，在晃动的矿灯照射下，隐隐看到她所藏身的地方是在一个岔道口附近，两个头戴矿灯帽的人正站在另一个岔道口，低声商量着到底应该往哪个方向去。

“这里好像来过了。你看这不就是刚才那个岔道口吗？”其中一人一边说一边用矿灯四处照着。灯光从女孩儿藏身的石壁前划过，女孩儿忙缩回到黑暗的石壁后面，屏声静气一动不动地贴在冰凉的矿壁上，感觉全身的血液像是凝住了一般。

“嗯，好像是。那就应该往左边走，刚才咱们走的右边。”另一个人说。随后脚步声再次响起，两人一起向他们说的方向急匆匆走去。

听着他们远去的声音，女孩儿小心地从石壁后走了出来，把手上的汗在裙子上抹了抹，便蹑手蹑脚地向那两人相反的方向摸索着走去。矿道里一丝光亮都没有，女孩儿心里对前方的道路完全没底，两只手胡乱地在黑暗中伸向前方上下挥舞摸索着，脚也一步一步向前探着路。

突然，她正向前迈的一只脚踢到了一个有她小腿那么高的石头上，她重心不稳，一下子向前重重地摔了下去。这下她摔得一点儿防备也没有，整个人趴在地上半天没起来，眼里一下子便盈满了委屈的泪水。她忍住疼慢慢坐了起来，用手摸了摸膝盖上的疼处，湿乎乎的，应该是流血了。

她坐在地上，双臂抱着膝盖，眼泪吧嗒吧嗒滴落下来。她越想越觉得委屈，便不顾一切地轻声啜泣起来。此时她才觉得两只手掌也火辣辣地灼烧起来。正用手指轻轻抚摩着跌倒时被地上碎石磨得毛糙的手掌，忽然听到身后不远处，就在她刚才经过的岔道口又传来窸窸窣窣的脚步声，紧跟着，矿灯的光束从右边的矿道口照了出来。女孩儿连忙忍住抽泣，就势趴在刚才绊倒她的石头下面，屏气凝神，不敢再动。

那两个人的脚步声在矿道岔口处又停了下来，女孩儿竖起耳朵静静地听着。两个人此时也没有了声息，矿灯光也停住，没再四下照射。过了片刻，其中一人喘着粗气问：“没听到什么动静啊，你确定是有人吗？该不会是老鼠吧？”

“想什么呢！老鼠能有那么大动静？”另一个不屑地说。

“那不一定，这矿道里的老鼠个头比猫都大。”

“应该是那丫头！走，过去看看。”

说着两人朝女孩儿藏身的方向快速走了过来。随着灯光逼近，女孩儿赶紧把身体向石头下面又缩了缩，闭上眼睛只得听天由命了。那两个人矿帽上的矿灯光束直射前方，一路向前急急而去，并没有发现他们脚旁石头下面黑暗中躲藏着的女孩儿。

矿洞里再次陷入平静。过了很久，确定安全了，女孩儿松了口气，这才爬起身朝刚才两人来的那条岔道一瘸一拐地探索着走去。不知走了多久，也不知转了几个弯，终于在女孩儿的前方露出一线光亮。有了光亮，她的步伐快了许多。

走到近前，她看到原来这是一束从矿道顶部透射下来的光线。她快步走到那束光线下面，仰起头向上看去。原来这里是一处通风竖井，垂直通向地面，外面的阳光正好从上面直射下来。

女孩儿心中立刻升腾起一股希望，她看到竖井壁上一人来高的地方有一个生满了锈的铁梯子。女孩儿跳起来一把抓住梯子，不知哪来的力气，双臂用力向上一拉，借着向上的力，她猛地向上一蹿，又腾出一只手迅速抓住上面一节梯子，就这样攀上了铁梯。顺着梯子，女孩儿一节一节爬了上去。来到洞顶，她用力推开洞口的铁箅子，总算爬出洞口，迅速消失了。

没有了铁箅子遮挡的洞口，留下一块湛蓝的天空。

第一章　车祸现场

1

雨夜，一架客机滑过黑漆漆的夜空，降落在湿漉漉的跑道上，起落架的轮胎在着地的瞬间溅起一片水雾，水雾在两侧跑道灯的映衬下惨白地闪了闪就消失了。

候机楼外只有三两个疲惫的旅客站在大楼外高高的玻璃雨搭顶棚下一面躲雨一面等车。这时候的雨还在淅淅沥沥地下着，站在顶棚下向外望去，仿佛一层轻纱遮在眼前。

她拖着一个颜色鲜艳、漂亮小巧的行李箱疲惫地从候机楼里走出来。她三十岁左右，但看起来要比实际年龄显得年轻。尽管满脸疲倦，仍遮挡不住她白皙姣好的面容。她仰起俊俏妩媚的面庞看了看漆黑的夜空，一头浓密的秀发自然地顺着肩头垂落。又看了看空荡荡的四周，见雨完全没有停的意思，那仔细修饰过的双眉略微皱了一下，从包的侧面掏出一把精致的折叠伞撑开，然后拖着行李箱小心地横过马路，向对面的露天停车场走去。

停车场空旷旷的，四下没有一个人，唯有零零星星停放着的几辆汽车。她停下，四下找寻着自己的车。一阵微风吹过，把她身上那件淡雅脱俗的风衣掀起，露出里面真丝白衬衣下略显凸起的身怀，看样子她怀孕已有五六个月了。

她腾出一只手拉了拉风衣，脸上露出一丝淡淡的焦急的神色。这时雨又突然大了起来，一阵风猛地吹过，她手中的伞一下子被吹得翻起来，雨水瞬间就把她的脸、头发和衣服都打湿了。她终于看到了自己的车子，顾不得弄好伞，只把翻起的伞一把抓在手里，加快脚步向自己的车小跑过去。

她的车是一辆与她的行李箱颜色相近的MINI，跑到近前，车便自动解锁。她迅速打开后备厢，匆忙把行李和伞塞进去。然后又迅速来到车门边，拉开车门坐进车里。她刚把湿漉漉的一绺头发撩向脑后，一抬头，惊讶地发现自己车的前风挡玻璃被砸裂了一个小坑，从小坑向外辐射般地裂开了长短不一的道道裂痕。她四处看了看，停车场内空无一人，四下静静的，只听见雨水敲打着汽车发出砰砰的声响，不远处停车场出口收费亭里昏暗的灯光半睡半醒般地亮着。

她心中万般不解，盯着裂纹愣了片刻，究竟是什么人干的？稳定了一下心情，她把电脑包放到副驾驶座位上，正准备启动汽车。咣咣咣，突然有人猛敲车窗。她一回头，只见一个穿着雨衣的幽黑的身影已经凑到窗前。她的心猛地一紧。这时穿雨衣的人又敲了敲车窗，示意她把车窗放下来。她谨慎地把车窗放下一条缝。车外这人对着她大声说："刚才一个疯女人把你的车给砸了，我已经报警了，你在这儿等一下，警察马上就来。"

雨水顺着车窗打开的缝隙溅了进来，打在她的脸上身上。她疑惑地看了看外面那个人，又侧头看了看夜空，心里只想着快点离开这鬼地方。于是故作镇定地说："没事，我的车有保险，让保险公司处理就好了。我着急要走。"说着关上车窗，启动了汽车。

外面那个人还在坚持着："你还是等一下吧，警察马上就来了，很快的。"

她冲他摆摆手，马上开车向停车场外驶去。

车拐出停车场要经过候机楼，她一面开车，一面平复着刚才因惊吓而动荡不已的心情。正在这时，她一眼看到正在候机楼前躲雨的刘亚楠。

高高的玻璃顶棚完全阻挡不了大雨，刘亚楠被雨浇得几乎浑身湿透，狼狈不堪。她急忙停下，把车倒回来，停在刘亚楠身边，放下车窗，关切地问：“亚楠？你怎么还在这儿呢，你不是说有朋友来接你吗？怎么，你朋友没来吗？”

刘亚楠见是她，顿时一脸尴尬，支支吾吾着：“他……他公司临时加班……哦，没事，你赶紧走吧。”

“还是我送你吧，反正也顺路。”

“不、不用了，不麻烦你了。”刘亚楠犹豫着。

“快点上车吧，你看你都湿透了。”

她边说边把自己的电脑包拎起来腾出座位。刘亚楠看了看天上泼下来般的大雨，又看了看开车的她，便咬了下嘴唇，手抱着头三两步跑到车前。先点头谢过她，随后拉开后座车门把背着的画夹先放到后座上，然后抱着背包上了车。坐好后，刘亚楠接过她手中的电脑，随手把自己的背包放在了脚边。

她冲刘亚楠微微一笑，便驾车驶离了机场，驶进了茫茫的雨夜。

2

细雨如织，千丝万缕编织成一张巨大的雨帘，在一个接一个的路灯的辉映下变成一道道忽明忽暗的光幕。街道两边被雨水肆意冲刷着的高楼大厦在雨帘后迅速隐去。远处的山在雨帘后则更显得迷迷蒙蒙，海市蜃楼般时隐时现，整个山城似乎笼罩在凄风苦雨之中。

刘亚楠性格内向，不爱说话，上车后就一直沉默着，呆呆地看着车外一排排高楼从眼前向后退去。刘亚楠年纪和她相仿，两人的样貌却如天壤之别。刘亚楠面如土色，眼神涣散，精神萎靡。她的长相毫无特点，让人看几眼都记不住。上身穿一件黑色T恤，已经洗得有些掉色，外面罩着一件灰暗得说不清到底什么颜色的冲锋衣。下身穿的牛仔裤松松垮垮，一看就是网上淘回来的便宜货。淋湿的衣服紧贴在身上，头发还在滴着水，样子十分落魄。

刘亚楠边上的她手扶在方向盘上，神情有些倦怠地默默地开着车。左手无名指上那个漂亮昂贵的钻戒在车窗前一路滑过的路灯下一明一暗地闪着，分外耀眼。右手腕上戴着一只手镯，翡翠的，镶嵌着银质花纹，像是古董，又很时尚。她目不转睛地盯着前方的路，心里却盘算着要不要开口和刘亚楠说点什么。

雨水冲刷着车窗，车窗外的霓虹灯朦朦胧胧。车轮碾过街道上的水坑溅起大片大片的水花，水花让刘亚楠收回了目光。她微低着头，眼睛却暗暗瞟着旁边这个美丽女人，不动声色地打量起来。她相貌娇美，眼若流星，鼻子娇俏挺直，气质优雅，有着与生俱来的贵气。她皮肤细嫩白皙，玉颈颀长。虽然怀着孕，丰满却不臃肿，反而浑身上下散发着抵挡不住的母性魅力。她手上的镯子引起了她极大的好奇心，不禁盯着看了许久。

她似乎感受到了刘亚楠的目光，微微转过头，看向刘亚楠。刘亚楠旋即把头转向了窗外。

车里的气氛有些尴尬和压抑，让她感觉很不自在，她没话找话："亚楠……"

刘亚楠感觉意外，语气有些慌乱："啊……"

"咱们这次勘景，你的插画真是帮了大忙了。"

话音未落，手机响了。她一手扶方向盘，另一只手伸到刘亚楠抱着的电脑包侧兜去摸。刘亚楠赶紧把电脑包往她这边凑了凑。刘亚楠露出的手腕上有几道疤痕，这引起了她的注意，不经意间多看了几眼。

刘亚楠好像被她的目光烫到，手微微一缩，连忙有些尴尬地用另一只手抻了抻衣袖。

她留意到刘亚楠这个动作，抬眼看了她一眼，心中暗笑，随后摸出手机，接通了电话。电话那头传来一个充满磁性的男人的声音："喂……"

她听到男人的声音，心头立刻涌起了一阵甜蜜，笑容浮现在脸上，一扫之前的倦怠，说话的语气也变得柔润甜腻："建铭……"

"你已经落地了？"

"是啊，我到机场一看还有时间，就改签提早了一个航班。"

"那你等我一下，我去接你。你可千万别自己开车啊，雨太大了，路上滑。"

"不用了，我已经在路上了。我先顺路送一下亚楠，一会儿就到家了，放心吧。"她嘴上说着，心里甜腻腻的。

张建铭有些担心："啊？你看你，又逞强了。那你开车小心点啊。哎，你还没吃饭吧？我煲了汤等你回来喝。"

她脸上露出了幸福的笑容，拖着长腔撒着娇："好，放心吧！"

刘亚楠眼睛出神地望着前风挡玻璃上的裂纹，在心里用画笔幻想着把裂纹勾勒成一幅风起云涌的图画。刚才电话中的亲热对话一句不落都听了进去，脸上却木无表情，呆滞的目光后面，掠过一抹羡慕和忌妒。

车在刘亚楠的指点下拐进了一条不宽的街道。街两边一个挨着一个的老旧建筑密不透风般像火柴盒一样堆砌着。楼底层的各式店铺早已熄灯打烊。雨还在不停地下着，街上几乎没有什么光亮。

"就停这儿吧。"刘亚楠轻声说。

车还没停稳，刘亚楠就已经打开了车门，提着背包下了车，简单地说了句谢谢，就朝着黑黢黢的街道深处头也不回地跑去。

她望着刘亚楠很快就消失不见的背影，轻轻摇了摇头，独自驾车离去。

3

从高空望下去，一条窄窄的山间公路七弯八绕地顺着山边曲折向上，从山下经过几个住宅小区后蜿蜒通向山顶。山路开始的地方是一些高层住宅，随着山路盘旋而上便是一些别墅豪宅。她家几乎是这条路上的最后一户，是一幢孤零零地坐落在接近山顶的别墅。

外面的雨很大，几乎看不清路，她凭着感觉驾车蜿蜒向山上行驶。她的手紧张地扶着方向盘，镯子上的银色花纹在从车窗前划过的昏暗的路灯照射下越发显得阴森森的。

转弯的时候，她似乎听到车后有什么车跟上来的声音。她扫了一眼后视镜，无意中看到后座上的画夹。“哟，她怎么忘拿了。”心里这么想着，脚就下意识地踩了刹车。跟在后面的车见前车突然慢下来，便用大灯晃了两下。她赶紧坐正，继续向前。转过弯后，后面的车不耐烦地加速超过了她。车从旁经过时激起的大片水花打到她车上，视线一下子模糊了，她吓了一跳。她心里咒骂一句，忙把雨刷器加大一挡。稍作镇定，她腾出一只手，侧身探过去，把后座上的画夹子一把拎了过来，顺手放到了副驾座位上。

她左手扶着方向盘，眼睛瞄着前方的路面，右手却情不自禁地翻开了画夹。画夹里面夹着厚厚的一叠画好的插画，还有一些未完成的素描，画的都是她们这次勘景的场景。首先映入眼帘的是一幅画着一辆吉普车行驶在广阔无边的戈壁荒漠……眼前的画让她不禁想起她和刘亚楠当时坐在吉普车上的情景。刘亚楠兴奋的叫喊声仿佛就在耳畔：“这景简直了！太棒了……” 她忍不住笑出了声。

车行驶在雨水冲刷的路面上，车轮卷起阵阵水雾。山路的弯很急，她的车在路上晃来晃去，着实危险。避过迎面而来的一辆货车后，她又翻开另一张插画。画面上是一处废弃的矿区，荒废的厂房沿着山坡往上层层叠叠，鳞次栉比，蔚为壮观。插画的一角分出一格，画着一个矿区的当地人。这个人长得干瘦，尖嘴猴腮，莫西干发型，涂了黑眼圈，一副杀马特朋克造型。刘亚楠在这一格旁边用铅笔标注着“耗子”两个小字。

她完全被插画吸引了，顺手又翻开一张画。画面上一辆与自己正在驾驶着的一模一样的MINI车头前，一个身穿鹅黄色碎花长裙的女人正在奋力砸车。女人虽然背着身，但从她的扭曲的背影可以想象到她当时愤怒的心情和因为愤怒而变形的脸。

她看得有些错愕，失神中车子不知不觉偏离了车道，越过了中线。

她继续翻开下面一张画，发现这是一张六格图。她立刻被画上的内容所吸引，竟忘了自己在开车 。第一格上画的竟然是她的车在山路上几乎被迎面驶来的轿车撞到，第二格是她的车子撞到路边的山体上，第三格是车子被后面驶来的大卡车撞飞了出去，第四格，车子倒扣在路上的车祸现场。

她的心提到了嗓子眼儿，刚看到这里，两道刺眼的灯光迎面直射过来，灯光刺得她睁不开眼。她大惊失色，这才发现自己的车子不知什么时候已经开到了对面的车道上。她惊叫一声，猛打方向，与对面的车勉强擦身而过。她的车拐得有点猛，两只轮胎脱离了路面，滑到路边的碎石地面上。

惊魂未定之间，车轮似乎被什么东西硌了一下，一声闷响，轮胎爆了。车子一下子便失去了平衡向山边滑去，惊慌之中她本能地用力向反方向控制方向盘，脚下用力踩刹车，却踩在了油门上，车不听话地打滑向路边的山体撞去。猛烈的撞击之后，车被反弹回来，在原地转了半个圈，终于横停在路中间。车头完全撞瘪了，气囊已经弹出来，强劲的弹力让她一时晕厥。她的头俯在气囊上，一下子失去了意识。

此时，她车后不远的弯道处，一辆超载货车鸣着笛冲了出来。转过弯路司机才突然看到趴在路中间的车，急忙紧急制动，但由于车身过重，距离太近，大货车一下冲到眼前。正在这时她从晕厥中醒来，抬眼看到迎面刺眼的灯光射来，她惊恐地睁大双眼，嘴巴半张，还没叫出声，她的车就被大卡车咣的一声撞飞出去。车连续翻滚了几下，倒扣在地上，大货车继续向前冲了二三十米才歪斜着在路边的碎石地上完全停下来。

碎玻璃、车零件、各种碎片散落了一地，油箱漏了，油顺着路面一点点摊开。她半个身体从破碎的车窗摔出，下半身困在车里，面朝下趴着，那只手腕上戴着镯子的胳膊无力地瘫在路面上。她浑身是血，不省人事。刘亚楠的插画恰如预言般地一一实现了。

插画散落一地，那张描绘车祸的插画格外抢眼地在她的手边展开。第五格画面上呈现着车翻倒扣在路上，车正在发生爆炸。第六格画面却恰好被她的头发神秘地遮住了。

轰的一声，车真的爆炸了，顿时燃起了大火。刘亚楠的画顷刻间被大火吞噬，在熊熊火光的映衬下，她手腕上的镯子愈发显得神秘诡异。离她的手不远的地上，一张插画的一角被点燃，随着火苗的跳跃，画纸渐渐卷曲，画面上是一片戈壁荒漠上一辆正在疾驰的敞篷吉普车……

第二章　矿区旅馆

1

西部的戈壁旷野，荒凉无边，渺无人迹。

正是午后最热的时候，太阳肆无忌惮地炙烤着本来就寸草不生的大地。一辆银色长城皮卡和一辆碧蓝色牧马人敞篷吉普车一前一后疾驰在旷野里，吉普车里大声播放着来自加拿大的极为强悍的死亡金属乐队Cryptopsy最为经典的专辑《None So Vile》。

那一连串暴风雨般的音符，狂热的节奏，密不透风的鼓击，震撼着人的神经，令人浑身热血沸腾，有种要窒息般的感觉。伴随着凶残暴戾的音乐，吉普车宽大的轮胎碾过坚硬的土地，卷起阵阵狂沙，淹没了跟在后面的皮卡。

皮肤白皙、模样俊俏的女模特正轻松潇洒地开着吉普车。她那仔细修饰的柳叶弯眉下，双目若星，顾盼之间流露着一股骄傲的气质。她妆容浓重，妖娆妩媚。鼻子娇俏挺直，长长的乌黑秀发被风吹得飘荡起来。手腕上一个翡翠上面镶嵌着银质花纹的手镯，既像是古董又不失时尚，格外抢眼。修长的手指指甲涂着艳丽的红色指甲油，在阳光下显得晶莹剔透。

不一会儿，皮卡从尘沙中冲出，快速跟上，并行在吉普车旁边，两辆车并排疾驰在旷野里。开皮卡车的司机老曹，看起来四十多岁，身体略微发福，一张国字脸气宇轩昂间又流露着强悍冷峻，同时还有种说不出的神秘感。

他目不转睛地盯着前方，沉着熟练地驾驶着，努力使皮卡车与旁边的吉普车保持着同步。

老曹旁边的副驾座位上是一位三十岁出头，相貌英俊、身材修长挺拔、气质儒雅的年轻男子。他单腿跪坐在座椅上，半个身体探出窗外，手里举着相机，一边嘴里不停地指挥着女模特，一边从脖子上挂着的各种长焦短距中换取不同的镜头，不停地抓拍着旁边吉普车上的搔首弄姿的女模特。他正是张建铭。

刘亚楠猫着腰蜷缩在吉普车副驾座位下面，两只手紧张地摆弄着一块反光板。

“刘亚楠，你入画了！”张建铭冲她喊着。刘亚楠赶忙在这本来就狭小的空间里缩紧自己的身体。

“反光板！反光板！你看着点啊！”张建铭又喊到。刘亚楠只得再次调整自己的位置。

“好了，就这样！”

又拍了几张之后，张建铭还是对女模特的表现不满意。

“你的姿态可以再创意一些啊！除了表现性感，还要突出产品！pose再大胆些！”

女模特冲张建铭媚笑了一下，随后把头转向另一边，在心里狠狠地骂了一句，然后又转给张建铭一张妩媚的笑脸，在座位上又扭动着身体摆了几个姿势。张建铭勉强又拍了几张，然后像泄了气一般一屁股坐回座椅上。

女模特见他这样，便停止了动作，毫无表情地开着车。刘亚楠小心地从座位下面探出头来，目光询问般地看看张建铭又看看女模特，不知所措。

女模特咬着嘴唇想了一下，用力按下了巡航键。紧接着她双手扶着方向盘，脚却离开了油门，慢慢地站了起来。她先一只脚踩在座位上，随后抬起另一只脚，整个人半蹲在了座位上。看着她这个举动，旁边的刘亚楠惊呆了。张建铭回头看到，也没想到女模特会做出这样危险的动作，脱口叫着：“你要干吗？小心点！”

女模特没理他，稳定住自己之后，她直起双腿，扶着敞篷吉普的前风挡窗框站直了身。然后靠坐在椅背上，两只脚相互蹬掉脚上的鞋，露出一双白皙的涂着妖冶的暗绿色趾甲油的裸脚，直接把一只脚蹬在方向盘上，用脚操控着方向盘。她穿着一条短得不能再短的牛仔热裤，一双玉腿修长笔直。白色的紧身吊带背心把盈盈一握的纤细小腰和前凸后翘的曼妙身材完美无遗地显露出来。女模特把戴着手镯的手臂夸张地伸向天空，另一只手抚摩着自己的头发，她眼神挑逗地望向张建铭。

看着她辣眼的身材和撩人的表情，张建铭张大了嘴愣在那里，小腹不觉一热，心想这倒真是个尤物。女模特瞥见张建铭的样子，难掩心中的得意与骄傲。

她把胸脯挺了挺，便大声问道：“这样行不行啊？快点啊，我可坚持不了多久！”刘亚楠也看呆了，听到女模特喊，赶紧移动反光板。张建铭也回过神来，连忙不停地按下相机快门。

2

地下矿洞里漆黑阴森，蛛网密布，空无一人。微弱的光线从残旧的通风口勉强斜射进来，暧昧地扑向地面。

一阵节奏鲜明的愤怒的音乐声裹着汽车行驶的声音隐隐约约从地面上顺着沙土渗透进来，由远及近，又再远去，直至渐渐消失。伴随着这些声响，从矿洞顶部哗啦啦地坠落下来夹杂着碎石块的尘土，一阵紧过一阵。随着声音的远去，坠落的尘沙也渐渐停息，矿道里又重新恢复死一样的寂静。

突然，黑影里钻出来一只体型硕大的老鼠，鬼鬼祟祟地东张西望，最后它的目光停留在前方一个物体上。它试探性地向前窜动了一下，却被自己的动作带出的地上尘沙的响动惊到，它立刻警觉地停了下来。嘴两边的胡须一下一下地翘动着，两只幽绿的眼珠狡猾地来回转动着，警惕地感受着这个陌生环境，两只前爪蜷缩在肥硕的身下，做出时刻准备逃离的姿态。

停了一会儿，见没有动静，它又窸窸窣窣地一窜一窜地向前行进，来到物体面前。它看清了那东西原来是一只死猫，四肢僵硬地躺在那里。于是它肆无忌惮地扑到死猫尸体上，开始疯狂地撕咬。随后一只接一只的肥鼠，不断地从黑影里钻出，争相扑到死猫尸体上大肆撕咬起来。

另一边，阴森幽黑的矿洞深处，突然从旁边一条交叉的矿道里闪出一个女人敏捷的身躯。女人手里拿着强光矿灯，沿着矿道一路走来。她一边走，一边四处照着、寻找着。她的身影有些佝偻，体形消瘦，头发稀疏蓬乱，眼窝深陷，形如枯槁。

她身上的衣着破旧，但显然被认真清洗和缝补过，看起来干净整洁。矿道里悄无声息，只能听到她的脚步踩到碎石烂木的声音，偶尔还可以听到不远处似有似无的滴水声。

女人似乎是听到了什么异样的响动，她停了下来，屏气凝神用力分辨着声音的来源。突然，她猛然一转身，举起矿灯向身后的矿道直直地照射过去。矿道的另一头，正在撕咬死猫的老鼠被灯光一照，立刻停止了撕咬，一个个像被钉在地上一样动也不动，个个瞪着幽绿的小贼眼望向女人。

女人眯起眼睛，冷冷地与它们对视着。僵持了片刻，女人突然猛一跺脚，老鼠顿时像刚刚放入油锅的活虾一样，噼里啪啦跳将起来，然后四下散去，一眨眼就都不见了。女人盯着空空的矿道，嘴角向上一挑，露出一丝鬼魅的冷笑。

此刻矿灯照射下的矿道空空的、静静的，只剩下歪扭变形的铁轨、腐烂霉味的枕木、零落丢弃的工具、头盔、矿灯、矿服，还有歪倒在铁轨旁的一辆辆破旧的矿车以及散落四处的矿石，在阴气逼人的矿洞里幽幽地暴露出掩饰着的神秘。

女人目光阴晦地盯着矿洞深处又看了一会儿，然后慢慢转回身，又恢复了佝偻的身体，继续深一脚浅一脚地向前走去。她对这里的环境非常熟悉，熟练地躲避着地上的障碍，很快便来到一处岔路口。

女人停下脚步，举起矿灯向墙壁上照去。在阴冷的矿灯灯光下，墙壁上赫然显现出几个怪异的符号，张牙舞爪。女人仔细端详着符号，又拿矿灯四处照了照之后，便向岔口的另一个方向走去。

洞顶上方此刻又隐隐约约地传来咚咚咚的重金属音乐敲打声，音乐声中还夹裹着汽车行驶的声音。女人停下脚步，静静地听着。声音越来越强，由远及近，最后竟然就停在女人站立的矿道上方。

随着音乐的敲击声，一阵阵尘土夹杂着碎石稀里哗啦地坠落下来，女人却全然不顾，任由震落下来的尘土打落在自己的头上、身上。她慢慢抬起头，看着头顶支撑着矿道正在颤抖着发出噼噼啪啪的爆裂声的木樑。昏暗中看不清她的表情，但从她凝结住的身影可以看出她正仔细地倾听着上面的动静。

3

吉普车和皮卡停在了山坡下的公路边，死亡金属乐队Cryptopsy的经典专辑仍在大声地播放着。女模特随着密不透风的鼓点节奏一边摇头晃脑，一边动作潇洒地下了车。刘亚楠见女模特下了车，便默默地收好反光板，背起自己的背包也静静地跟了过去。

张建铭和老曹此时早已来到路边的山坡脚下。张建铭站在路边，向山坡上望去。阳光刺眼，他举起左手搭在额头。

山坡上是一大片几乎望不到头的废弃厂区。厂房、办公楼等各色建筑层层叠叠地沿坡而建，鳞次栉比，蔚为壮观。这些建筑物之间杂草丛生，连接各厂房及办公楼之间的甬道在杂草中若隐若现。所有建筑也已经非常破败，建筑物上的窗户几乎没有完整的玻璃，甚至有一些连窗框都不见了。窗口黑洞洞地敞开着。有玻璃的窗户上也是蛛网尘埃、斑驳不堪。显然这里已经荒废了有相当长一段时间了。

一行人此时都被眼前的景象所震撼。女模特更是从未见过这样的景致，兴奋得手舞足蹈，不断发出感叹："哇噻，真是令人叹为观止啊！"她有些激动地又抓着张建铭的手臂摇晃着说，"这画面太有故事了！你说是不是啊！"说完，不管张建铭的反应，抬脚就往山坡上跑去。

刘亚楠在她身后小声嗫嗫嚅嚅着："我怎么感觉有些诡异呢？"

女模特听到，回头看了她一眼，全然不顾她的表情，招呼着："走啊，跟我上去看看。"

刘亚楠黑着脸不太情愿地跟着女模特向山坡上走去。经过张建铭身边的时候，他忽然叫住了她："哎，刘亚楠，你过来一下。"

刘亚楠听到他叫，赶紧停下，回头看着他，眼中一抹不易察觉的惊慌无措，但很快又消失了。

"那些画呢？"张建铭问。

"哦，在车上，我、我去拿。"刘亚楠松了口气，边说边匆忙转身跑回车里。她把画夹从敞篷车后座上拎了出来，又小跑着回来，递到张建铭手里。

张建铭接过画夹，斜眼瞟着刘亚楠，没再说话。他打开画夹，翻到一张被火烧去了一角的画抽了出来。他把画纸拿在手上认真地看着，边看边向山坡上慢慢走去。刘亚楠看着他的背影紧张地站在路边，尴尬地犹豫着是否要跟着他。

走了几步之后，张建铭停下来，抬头看看眼前的景象，又低头看看手上的画。

“哎，刘亚楠，”张建铭一抬头没看见刘亚楠，转身向山坡下看去，见她正手足无措地呆立在那，便向她招了招手。刘亚楠忙赶上来。

“你们之前说的是不是就是这里啊？”张建铭问。

刘亚楠小心地走上前凑近去看，发现张建铭手里拿着的正是她画的眼前这片废弃矿区，忙谨慎地点点头：“应该就是这里。”

女模特此时已经走到半山坡上了，回头看见张建铭和刘亚楠两个人低头凑在一起说着什么，心中顿生狐疑。她眉头微微皱了一下，随后马上控制住表情，假装不在意地大声招呼着大家：“你们来不来啊？上去看看啊，这里太酷了！”

刘亚楠嘴上答应着“来啦来啦”，眼睛却询问般地看了看张建铭。见张建铭低头看画没有反应，便又拘谨地继续站在他身旁。

此时夕阳西下，半山残阳。山坡上的建筑因人去楼空，更显孤漠寂静。女模特见无人回应，便独自走上了山坡，她孤单俏美的身影在血红的夕阳映衬下显得格外凄凉。

这时张建铭抬头看见这一幕，心底悠然闪过一丝莫名的疼惜，他连忙阻止了她：“哎，你先等一下，等找个人问问清楚再上去。”女模特站住，回身望着他，眼中露出不解的神情。

“建铭！”

听到有人喊他，张建铭循声望去。只见坡下司机老曹正手指着远方，招呼着他们。张建铭和刘亚楠顺着老曹手指的方向看去，远远的，戈壁荒漠中，从红一块黄一块的天边，一辆卡车卷着尘土一路向这边开了过来。

“刘亚楠，你去把她给我叫回来！”张建铭嘱咐着刘亚楠，随后便向坡下走去。

说话间那辆卡车已经开到眼前，老曹紧跑两步来到路中间把车拦住。

4

卡车在离老曹两米的地方才停下来，扬起的尘土扑了老曹一脸。老曹心中暗骂了一句，却一脸笑容地紧赶两步来到驾驶室窗前，从兜里掏出一包烟，恭敬地递上一根：“师傅，来，抽根烟，跟您打听个地方。”

卡车司机看上去三十多岁，却已满脸皱纹，看起来像是个四十多岁的中年人。他皮肤粗糙黝黑，皱纹密布的脑门给人蛮横冷酷的感觉。他一条胳膊搭在车窗边，探出头来看了看眼前的老曹，又看了看后面跟上来的张建铭，随后又把目光移到老曹身上，犀利地盯着他看，一言不发。

老曹压住心中的紧张和不悦，努力保持着脸上恭敬的笑容，递上香烟的手就那么举着。这里张建铭已到老曹身边，卡车司机推开车门跳了下来。他身材也不高，但肩头很宽，浑身都是结实的肌肉。一件满是油污的旧式矿区工作服扣错了扣眼，衣襟一边长一边短地歪斜在身上。他没说话，只是握起厚实的大手，跷起大拇指向车后比画了一下，粗声大气地说：“没看这拉着油桶呢。”

老曹连忙笑着收起烟：“哎，对对，防火装心间，一生保平安。嘿嘿，师傅，我打听一下啊，听说这边有一大片废弃的矿区，是不是就是这里啊？”说着他向身后的山坡上指了指。

顺着老曹的手，卡车司机看到女模特正扭动着腰肢，不太情愿地跟着刘亚楠往这边走来。他看到女模特心里倏地怔了一下，有种似曾相识的感觉。他不禁对她上下多打量了几眼。

他脸转向老曹，眼睛却没有离开女模特，答非所问道："你们上这鸟不拉屎的地方来干啥？"

女模特这时已经走到近前，看见卡车司机神情阴森，心里不觉有些慌乱。见他一直盯着自己，以为他是在问自己。于是她略微镇定了一下，就势站在张建铭身后，小声回答说："我们是来给时尚杂志拍写真的。"

"什么针？拍什么针？"卡车司机没听明白，语气有些不耐烦，目光中流露出怀疑。

张建铭见状，赶紧上前一步，回答说："哦，她是说拍写真，就是拍照片的意思。日语里"拍照"就是"写真"这两个汉字。照相馆在日语里就是写真馆。现在不是都流行这么说嘛，这词在咱们国家可以说是先出口后进口了，呵呵呵……"说着自顾自地笑了起来。

卡车司机一直冷眼看着张建铭，没有任何表情。

张建铭连忙收回笑容，转换话题。他向山坡上的厂区扬了扬下巴，问司机："哎，这上面还有人住吗？"

"这附近都是矿区，这脚底下就是矿道。"说着，他又用厚实的手指了指地下，"到处都是矿道，啥年代的都有，这以前可是辉煌过一阵子呢，那会儿的人在矿区上班都觉得高人一等，挣得多呀！"他顿了顿，又说，神情有些黯然，"后来就都废了，地底下早都挖空了，人也就都搬走了，没人住了。"卡车司机边说边用左手小手指上的长指甲挖着耳朵，语气懒懒地似乎充满了无奈。

女模特听说脚下就是矿洞，便用脚在地面上用力跺了跺。

刘亚楠在一旁拉住她，低声说："你别给跺塌了！荒废那么多年了，里面得多可怕呀！”

女模特故作无畏的样子说：“你又没进去过，你怎么知道可怕不可怕。”

卡车司机这时转向她，目光隐晦，语气有些挑衅：“怎么，你们还想进矿道？”

张建铭抢上前一步，凑近说话，顺手把女模特挡在身后：“没有，没有，她那是随便瞎说的！我们是广告公司的，来这里拍广告，就是想利用废矿区的这种废弃荒芜来对比呈现时尚，在视觉上产生强烈的反差来震撼观众。”张建铭连说带比画，好像在给客户做提案一般。

卡车司机心不在焉地听着，目光还是不停地瞟着张建铭身后的女模特。等张建铭说完，他沉了片刻，语气中略带着惊吓地说：“矿道废弃好多年了，里面好些地方都封死了。就算进去了，也很容易迷路的。最近听说里面经常发生塌方透水，可危险呢。”此时卡车司机说起话来的口气已经不像他面相那般阴冷。

老曹这时插嘴问道：“哎，这附近是不是有家小旅馆啊？”

卡车司机微微皱了皱眉：“旅馆？谁跟你们说的？看来你们还挺了解这里啊。”

刘亚楠突然指着一个方向说道：“在那边！”

5

众人顺着刘亚楠手指的方向看去，在公路另一边的稍远处，横着几排看起来已经残破不堪的水泥建筑，唯有前面一座两层的红砖小楼看起来尚完好无损，但由于荒废多年，看起来满目萧索，毫无生气地在那片断壁残垣中孤零零地顽强地挺立着。

楼体上用白灰刷着两个大字，虽然字体颜色已经斑驳，但众人仍一眼看出那是“旅馆”两个字。

旅馆所在位置离山坡上的矿区并不远，离开公路开车也就几分钟的路程。

“那儿原来是矿区的生活区，当年矿区的机关、学校、宿舍、食堂啥的全都在那里呢。”卡车司机也瞄了一眼刘亚楠指的方向说，“可惜啊，也都废啦！”

女模特看着远处那些全都残败不堪的钢筋水泥建筑，心中不禁怦然一动。

张建铭客气地谢过卡车司机，随后招呼大家各自上车。女模特有些不太想去，迟疑着没动。张建铭连声催促着：“快点儿吧，一会儿天就黑了。”女模特不情愿地上了车，磨磨叽叽地跟着张建铭的车往旅馆开去。

看着他们远去的车后卷起的阵阵黄尘，卡车司机两眼中闪出两道寒光。他思索了片刻，拉开车门坐了上去。车一直没熄火，他毫不犹豫地踩下油门，开车跟了过去。

老曹开车载着张建铭行驶在前面，女模特开着敞篷吉普车慢吞吞地跟在后面。她无意间从后视镜看到了卡车司机开车尾随而来，心中疑云顿生。她像是自言自语又像是在问身旁的刘亚楠：“他是不是跟着我们呢？他跟着来干吗？”

刘亚楠回头望去，卡车正罩在她们车后卷起的尘埃里。

这时卡车突然加速，一溜烟从女模特的敞篷车旁超过。卡车带起的沙土立刻扑了女模特和刘亚楠一脸，两人顿时蓬头垢面。

女模特不得不停下车，她朝地上不断地吐着嘴里的沙土，一边不干不净地骂着，一边用手揉着被沙尘迷了的双眼。刘亚楠也用手抹着脸上的尘土，然后从背包里掏出一包纸巾递给了女模特。

卡车司机抢先开到旅馆前下了车，径直往旅馆里走去。他进去不久，张建铭和老曹的车便到了。张建铭停好车，回头看了看，见女模特的车还没到，便自己先跳下车。

他走了几步停下来，站在旅馆前打量起眼前的这座破败的建筑。这楼看起来并不像旅馆，更像是宿舍楼。对开的两扇门只有一扇打开着，在地上用半块破砖头挡住门脚，阻止它再关上。里面光线昏暗，看不清布置。

张建铭回头正准备招呼老曹，便看见女模特的车也到了。于是他向旅馆的大门口走去。

老曹冲刘亚楠喊了句"快点啊！"便紧走了几步追上张建铭。两人一起来到门口站下，看着刘亚楠一边抖落着身上的尘土，一边来到女模特坐的车门旁边，准备帮她开车门。

女模特坐在车上完全没有下车的意思，她一脸不高兴，刚才被尘土迷眼流下的泪水在满是灰尘但仍不失俏丽的面庞上留下了几道痕迹。看到眼前这座破败陈旧的二层小楼让她心中更加烦闷，她嘴里嘟囔着："我怎么这么倒霉啊，上辈子得罪谁了！"

刘亚楠见女模特完全没有要下车的意思，便无奈地望向张建铭。张建铭会意连忙走了过来。老曹这时也溜达到刘亚楠身旁。

"你确定咱们要住这儿啊？"女模特质问张建铭。

张建铭径直走到女模特车旁，一边帮她拉开车门，一边故作轻松地说着："哎呀，既然来了，先进去看看嘛。"

女模特见张建铭亲自给她打开车门，只得下车。她双腿并拢，屁股一扭身体便侧向车门，一只手搭在张建铭伸给她的手上，就势站到了地上。这时她眼睛的余光瞥到车尾的老曹正悄悄地问着刘亚楠什么，而刘亚楠正轻轻地点了点头。她心中顿时疑云四起，看向张建铭不满地说道："你们这是要的什么花招儿啊，我怎么就觉得这里不是什么好地方呢。"说着，向地上“呸呸”连吐了几口带有沙土的口水。

张建铭只是微笑，没说什么。女模特看了看他，又把目光慢慢转向老曹和刘亚楠。这两人嘀嘀咕咕，准没想什么好事。她随后哼了一声，扭头自顾自向旅馆走去。

6

旅馆前厅里光线昏暗。

这里布置得像个小餐厅，一张简易的木制方桌贴靠在墙边，桌子三面各放着一张老式木条凳。桌子上方的墙上隐约可见一条标语“再穷不能穷教育，再苦不能苦孩子”。

桌子旁边是一个弧形的收银台，收银台另一侧前还有两张方桌，四条条凳收在方桌下面，显然这里是为住店客人准备的用餐的地方。

收银台后面靠墙摆着一个货架子，架子上堆放着一些日用百货，方便食品等，估计也是为了方便客人临时有什么需要，可以在这里买到。在收银台与方桌之间往里走有道门，门上挂着半截门帘子，门帘后面是一条走廊，没有开灯，看不清通向哪里。

刚才早张建铭他们一步先到这里的卡车司机正站在旅馆前厅用低沉有些沙哑的声音喊着：“林老师……林老师……”见没人回应，他正准备掀起门帘进去，见女模特和张建铭几个人陆续走了进来，于是便又站住，故意面无表情地看着他们。

女模特一进门眉头便立刻又皱了起来，满脸嫌弃地四下打量着，两只手不耐烦地挥打着几只围在她身边乱飞的苍蝇。

卡车司机没有理会女模特的表现，只是冲着进来的几个人微微点头，算是打了招呼，随后又继续装模作样地冲帘子后面喊了几声：“林老师，林老师……”

仍不见有人答应，他便回过身来，像主人般询问大家：“林老师估计没在，看来今天她不会接待什么客人了。我跟你们说啊，这儿的条件可不怎么样。要不，你们换个地方吧？”他说着，眼睛在几个人身上转来转去。见没人答话，他又说，“镇上的条件可比这儿好多了，我有几家熟识的，可以介绍你们去，保证价格优惠。”说完用期待地眼神看着大家，最后目光落在张建铭身上。

张建铭好像没看到卡车司机的目光，只是默默打量着旅馆的陈设，若有所思。老曹见张建铭没回应，看了眼卡车司机，又看了看女模特。女模特把脸转向一边。老曹有些尴尬，用征求的口吻对女模特说：“要不你先跟他去看看房间，咱再确定？”

女模特疑惑地看了一眼张建铭，又狠狠地瞪了老曹一眼，掀起那半截门帘子扭身走了进去。卡车司机忙挤过人群，跟着钻进了门帘。

门帘后面是一条走廊，里面黑乎乎的。卡车司机三步并作两步蹿到女模特前面，熟门熟路地来到走廊尽头，在墙上摸索着打开了开关，一盏昏暗的灯在二人的头顶亮了起来。女模特这时才看清，前面一条长长的楼道横在他们面前。楼道的两边隔开不远各有几个房门。

卡车司机做了个谦卑的“请”的手势，示意女模特跟他往前走。女模特犹豫着跟着他向楼道里走去。卡车司机随手推开一个房门，女模特试探着走过来，探头往门里看了一下，随即马上缩了回来，一脸不高兴地抱怨起来：“这怎么住啊，条件也太差了吧，连卫生间都没有。”

卡车司机用手指了指楼道里面，解释着说：“楼道那头有公共浴室。前些年矿区的人都搬走了，很少有人来这里，平时也没什么生意。”

女模特白了卡车司机一眼：“没人来还开什么旅馆呀。”

卡车司机本来就不想让他们住在这里，听她这么说，趁机敷衍道：“要不我说嘛，这里确实不行。我看你们还是去镇上住吧，我可以帮你们介绍一家。去县里也行，也没多远。”

女模特没搭理他，顺手又推开旁边一个房间的房门，往里张望，卡车司机却抢前一步一把把房门带上，嘴里忙说：“这是林老师的房间。”

女模特好奇起来：“林老师是谁？”

卡车司机没回答，反而问她：“哎，我说，你以前是不是来过这儿啊？我怎么觉得你那么眼熟呢？”

女模特先是心中暗暗一惊，但很快镇定下来，不露声色地看了卡车司机一眼。卡车司机见状向她送去一张虚假的笑脸。

女模特对自己的容貌和身材向来自信，看卡车司机那样，以为他想搭讪自己，便昂起头不屑一顾地嘴角向上一撇，“哼！”胸脯一挺，转身甩给他一个骄傲的背影，便向楼道里面走去。

卡车司机站在原地没动，默默看着女模特的背影，黑暗中阴冷地笑了一声。

7

支走了女模特，老曹淡淡地点燃了一支香烟，悠然地抽了起来。随手又把烟包递给张建铭。张建铭冲他摆摆手，没有接烟，走到桌边在条凳上坐下来，然后示意老曹也坐下。

老曹在张建铭旁边的另一张条凳上坐下，回头看了一眼正不知所措的刘亚楠，不易察觉地使了个眼色。刘亚楠似乎明白了他的意思，便畏畏缩缩地站到了张建铭旁边。

张建铭回头问刘亚楠："你跟他约的在这儿见面？"

刘亚楠脸上表情紧绷，紧张地点点头。

这时旅馆门外传来一阵摩托车的轰鸣声，在门外停了下来，摩托车熄火。几个人不约而同地看向门口，一个干瘦的男人出现在旅馆前厅门口。他的造型太奇特了，莫西干发型，用发胶整过，在头顶硬邦邦地竖立成一排。眼睛上居然还涂了黑眼圈，在右眼外眼角处还画出一滴黑色的流淌着的眼泪。上身一件假皮坎肩儿，敞着怀，佩戴着铆钉饰品，下身穿一条破破烂烂的牛仔裤，脚上一双过时且破旧的翻毛皮鞋，一副杀马特朋克模样。

张建铭看到他眉毛略微一扬，随即向刘亚楠递了个眼神，意思是："是他吗？"

瘦子站在门口的背光处，刘亚楠眯起眼睛使劲看了看也没看清，便没有出声，尽量让自己躲在张建铭的身后，偷偷打量着瘦子。

老曹并没有看门口的瘦子，而是一直在盯着刘亚楠。

瘦子在门口站了片刻，见到桌边的几个人，便径直向张建铭走去。他似乎完全不认识刘亚楠，打量了一下桌边的几个人，油腔滑调地打着招呼："哟，你们还真住这儿了啊！"

几个人都没说话，老曹紧盯着他看。刘亚楠低垂着头，张建铭的目光在瘦子身上来回扫着。瘦子有些不自在，便在前厅里四处溜达开，假装打量着旅馆，又到门口向外张望了一下，回来问："这里就你们几个人吗？门口那辆卡车是谁的？"

没人回答。屋里陷入一片尴尬的沉寂。

片刻之后，老曹突然开口打破沉默："矿洞里面真的有墓地吗？"

听到老曹的问话，瘦子先是微微一愣，但马上变了脸，眉飞色舞地说起来："有！你们不知道，矿道里冬暖夏凉，简直就是天然的坟地。现在不让土葬了，矿道又废了，闲着也是闲着，你们说是不是啊？"他一脸媚笑地看看老曹，又看看张建铭。

张建铭身体向后靠了一下，躲开他凑近的口气，冷眼看着他，沉声问道：“说重点！别跟我兜圈子。你就那么肯定是我们要找的那个墓地？”

瘦子见张建铭有些怀疑，即刻板起脸，一本正经地说：“嘿，你看，你还不信！”说着从破牛仔裤口袋里掏出手机，翻找出几张照片递给张建铭看。

张建铭不动声色，老曹从瘦子手中接过手机，拿到张建铭眼前，两人一起看着。

照片拍的是一处昏暗的矿洞壁，上面刻着一些简单的图形符号。张建铭看完，跷起二郎腿，身体靠向背后的墙，面无表情，一语不发。

老曹看了张建铭一眼，默默把手机还给瘦子。瘦子接过手机，赶紧又从里面翻出另外几张照片，再次把手机递给老曹，嘴里说着：“看到没，这可是你们发给我的，对吧？你看那图案，再看看这个，一样吧？和你们那镯子上的图案根本就是一模一样啊！”瘦子神气起来，口气不可一世。

老曹接过手机，拿到张建铭眼前，两人仔细地看了看照片，随后互相对视了一眼。老曹立刻心领神会，从腋下夹着的皮包里抽出厚厚两叠百元钞票。瘦子看到钱，脸上立刻露出贪婪兴奋的神态，伸出手去接，不想却被张建铭一把拦住了。

张建铭从老曹手中的一摞钱里抽出一小叠，数也没数就递给瘦子。瘦子虽然心里抑制不住贪婪的欣喜，但脸上却装出不情愿：“这、这是不是有点儿少啊？”

“这算是定金，领我们找到那墓地之后，剩下的全给你！”张建铭嘴朝老曹手中的钱努了努，语气低沉地说。

瘦子接过钱，忙头也不抬地数着钱，嘴里滑出一句：“哎，我说，你们找那墓地干吗？”

老曹沉声说：“这个跟你没关系。”

正在这时，从旅馆里面的楼道里突然传出女模特一声凄厉的尖叫。几个人大惊，张建铭跳起来就向旅馆里面冲去。老曹和刘亚楠紧随其后地跟了进去。

瘦子看着他们背影，犹豫了一下，随后悄悄溜出门外。

8

楼道尽头的一间房门大敞着。门外，女模特蜷缩着靠墙蹲在地上，双手抱着自己的肩膀不停地哆嗦。

卡车司机快步走到她面前，神情严肃地问："怎么了？"

女模特抬起头，双眼蒙胧。她伸手向房间里指了指，嘴上嗫嚅着却说不出话。

卡车司机看了她一眼，便走进房间。房间里面的窗户紧闭，光线昏暗。借着从污浊的玻璃窗上透过来的微弱日光可以看到房间里靠窗处有一张老式的雕花大床，大床上挂着一张破旧的蚊帐，颜色已经变成了深灰色。透过半落下来的蚊帐隐约看见床上躺着个人，一只胳膊挂落在床边，一动不动。

他轻手轻脚地走到床边，慢慢掀开了蚊帐，只见床上躺着一个尖嘴猴腮、瘦骨嶙峋的男人。

卡车司机小心翼翼地拍了拍挂在床边的手臂，嘴里轻声叫着："师傅，师傅……"见床上的男人毫无反应，他松了一口气。

张建铭和老曹这时也匆匆来到门口，后面跟着心情慌乱的刘亚楠。刘亚楠上前把蹲在地上的女模特扶起来。女模特起身便一下子扑到刘亚楠怀里抽泣起来。刘亚楠犹豫了一下，轻轻抱住女模特，手在她背上抚着，脸上表情复杂。

张建铭和老曹没有理会女模特，直接冲进房间。此时卡车司机正把蚊帐放下，刚想把蚊帐掖好，突然他的手被床上的男人一把抓住。卡车司机吓得整个身体像碰上弹簧一样，一下子弹到一边，不想他的手仍被床上的男人死死抓着不放。

卡车司机站立不稳，一下子摔倒在床边，正好与床上的男人摔了个脸对脸。男人睁着恐怖的眼睛，嘴里呜呜呀呀地叫着。

卡车司机本能地扒开男人的手，慌乱起身。当他突然看见身后的张建铭和老曹时又吓得不由自主地"啊"了一声，随后很快镇定下来，赶紧把蚊帐挂好。

他这一叫，把张建铭也惊得一身冷汗。正在惊魂未定之间，门口突然传来动静，三个人齐刷刷地向门口望去，一个人影出现在门口。

那人影正是矿道里的那个女人。她面色阴沉，恶狠狠地瞪着卡车司机，紧握着矿灯的手有些微微颤抖。

卡车司机见到女人，整个人像僵住了一般，只剩嘴还会动，结结巴巴地叫了声："林、林老师……"

林老师不等卡车司机说完，突然把手里的矿灯向他砸去。卡车司机抬起胳膊顺势挡了一下，矿灯从他胳膊弹到墙上，哗啦一声，矿灯碎了，碎片掉了一地。

林老师见没打到他，便扑向他。卡车司机一把扯过旁边的张建铭，推向冲过来的林老师。林老师躲避不及，与张建铭撞在一起，卡车司机趁机夺门而出，沿着走廊飞快地跑了。

林老师推开张建铭追了过去，但毕竟六十多岁了，刚才那一打一扑已经用了不少体力，追到门口，卡车司机已经跑没影了。

她嘴里含混不清地怒骂着，转过头来敌视地看着屋内的张建铭和老曹，随后又看了看门口的女模特和刘亚楠。女模特早已吓得魂飞魄散，与刘亚楠两人紧紧地抱在一起。

林老师站在门口嘴里喘着粗气，身体也随着喘气一起一伏的。张建铭想上前扶住她，不想却被她一把推开。她瞪着眼，走向床边呆若木鸡的老曹。

张建铭莫名其妙地看着她。林老师过去不由分说把老曹拉到张建铭跟前，连推带搡地把俩人一起推到门外，自己也跟着出来，顺手把房门重重地拉上，然后一言不发，接着把张建铭他们向楼道外推搡。

老曹这时已反应过来，停下来扶住林老师，用手指着卡车司机刚才跑去的楼道解释道："林老师，我们不认识他，我们是来住店的。"

听到这话，林老师站住，突然沉静下来，静了片刻，平静地说："我叫林雅娴。"说着她眼睛挨个在身边这几个人身上扫过，脸上露出一丝不易察觉的警惕。

女模特趴在刘亚楠肩头偷眼看她，林雅娴的样子让她不寒而栗。她的面庞消瘦而苍白，很重的黑眼圈，眼光阴森，头发稀疏得可以清楚地看到下面光溜溜的头皮。她穿着一件已经洗得褪色的红毛衣，一条布裤子。毛衣和裤子都已经很旧了，但缝补清洗得干干净净。令人奇怪的是，大夏天她穿成这样，脸上却一点儿汗迹也没有。

林雅娴锐利的目光与女模特相遇。女模特心中一寒，立刻把头埋在刘亚楠肩头，躲开她的目光。

9

公共洗澡间在走廊另一头，这是一间老式的公共浴室，里外套间。外面是更衣室，两排铁皮更衣柜已经锈迹斑斑，歪歪扭扭地贴墙放着。中间有两条长长的板条凳，上面原来的白色油漆已经剥落，露出长期暴露在水汽中已经烂糟糟的木纹。

女模特在板条凳上铺了张报纸，把脱下的衣物放在报纸上面。然后把带来的大浴巾裹在身上，随后趿拉着拖鞋，踮着脚，避开地上的积水，向里面的沐浴室走去。

沐浴室的墙面上贴着约一人来高的白色方形壁砖，因年代久远已经变成黄褐色，有些都已经脱落，露出里面的水泥墙体。一排排的淋喷头已经锈迹斑斑。

沐浴室三面墙一面窗，窗户上原本嵌着的磨砂玻璃有几块已经不知什么时候被打碎了。两颗生锈的大铁钉钉在窗户两边的墙上，一块污迹斑斑的白布两头挂在钉子上，遮挡着破碎的窗窟窿。

女模特费力地拧开其中一个喷头，没水。她又试着逐一拧着旁边几个，却发现这些喷头不是已经锈死根本拧不动就是拧开却没水流出。正烦躁中，突然所有被她刚才打开的喷头一下子咕噜噜吼叫着喷出了水。那水却是红褐色的，像血一样，喷了女模特一头一脸一身。

她吓得往后躲开，裹在身上的白色浴巾却滑落掉在了地上，瞬间染上了红色，她忙一把拎起毛巾。这时喷头里的水慢慢地变成了正常的颜色。水很热，很冲。女模特站到喷头下任由水冲刷着。顷刻，浴室里蒸汽弥漫。

“你他妈刚才躲哪儿去了？事情还没办呢，怎么着，你拿了钱就想溜了？”浴室窗外传来了一个男人低沉的呵斥声。女模特停止了动作，静静听着。

“我……没……那卡车……不见了……”另一个男人尖声尖气地解释着。

水声太大，她听不清。于是她快速胡噜了几把，关掉水龙头，裹上浴巾，蹑手蹑脚地来到窗前。她轻轻地掀起白布的一角向外看去。只见一个打扮怪异的瘦子，正张口结舌、比手画脚地解释着。

张建铭满脸怒气地看着他，老曹上前一步揪住瘦子的衣领，威胁着：“你给我老实点！”

女模特放下布帘，若有所思。想了一下，她再次掀起布帘向外看去。这时刘亚楠拘谨地站在离开几个男人几步远的地方，她似乎发现了窗帘后面的动静，眼睛偷偷地向窗户这边看过来。一眼看到了女模特，刚想说什么，女模特忙把手指放在嘴边，示意她不要出声。

另外几个人似乎留意到刘亚楠的异样，不约而同地向窗子这边看过来。瘦子眼珠转了转，径直向窗前走来，女模特忙放下布帘。

瘦子来到窗前，顺手从地上捡起一根树枝从破窗洞伸进去撩起布帘，他看到女模特赤裸的背影迅速闪出了浴室。见到这个背影，瘦子有些神思恍惚，似乎意识到什么，却又想不出到底是什么，一时愣在了那里。

“嘿！你干吗哪！”瘦子吓了一跳，回头看见老曹凶狠地看着他。

“没，没啥……”瘦子敷衍着。

“这里面是什么？”张建铭走上前来。

“是女浴室。”刘亚楠小声说。

“不不不，我这不是觉得有人嘛，怕咱们聊的事被人偷听了去。”瘦子慌忙摆手，脑袋左顾右盼地躲避着张建铭的目光。

张建铭一直目光犀利地紧盯着他，一句话不说。瘦子死皮赖脸地装作若无其事，摇头晃脑地走了回来，可老曹旁边的刘亚楠却不知为什么紧张地浑身颤抖起来。

女模特此时又悄悄溜回到窗帘后面，轻轻撩起一角向外看去。不远处他们几个人正神态诡异地在商量着什么，全都压低了声音，时不时地向刘亚楠询问着什么。刘亚楠时而点头，时而摇头。

女模特突然觉得自己的耳朵嗡嗡地响，她用手用力揉了揉耳朵，可是除了耳鸣声，她完全听不到他们在说什么。她使劲晃了晃头，还是什么也听不见。这是中了什么邪了？

不知什么时候开始，原本灰白的天空渐渐暗沉下来，墨色的浓云一堆一堆地挤压在头顶，远处传来阵阵低沉的雷声。风也一下子凌厉起来，从天边卷起一道道沙尘由远及近。

突然几道刺眼的闪电划破天空后又急急地向地面钻去，没等几个人回过神来，一声炸雷惊天动地。

10

镇上的农贸夜市里，停放着一辆改装后的厢式货车，车身上贴着身穿三点的各式美女图片，车后是一个临时搭起的大帐篷。在劲爆的音乐声中，两名只穿着内衣内裤的女子站在塑料圆凳上，扭动着健硕的腰身跳着艳舞。台下挤满了民工模样的男人们，嘴里大呼小叫着："脱！脱！脱！"

这时有人递给其中一个女子一瓶啤酒。女子接过啤酒喝了两口，随后一边扭动着身体，一边高举酒瓶挥舞着，把啤酒从头上洒向自己。台下又有人递上来一张百元钞票，女子接过钱塞进三角内裤，在台下一片哄叫声中开始扭捏着脱内衣。

卡车司机这时正急匆匆地从帐篷外经过，听到里面的哄叫声不由得停下来向里面张望，却被门口的一名男子冷冷地拦住，低声对他说："十块。"卡车司机瞪了他一眼，只好扭头离开。他继续向前走，来到一处卖肉的小铺面前。

肉铺里，一个长得黑胖粗壮的屠户正操着明晃晃的剔肉刀熟练地剔着肉。他看上去三十出头，剃得光溜溜的脑袋，后脑上的头皮因为下面脂肪发达而皱皱地堆在一起。油腻腻的脸上轮廓模糊，鼻子扁平，眼睛小得就像一块肉上割开的两道小口子。两只耳朵紧贴着头两侧，正面看去，仿佛这人没长耳朵一样。

他在这个农贸市场里一直经营着这家肉铺，平时除了卖肉，还卖些加工过的熟牛羊肉和杂碎汤。

摊档前面支着几把遮阳伞，上面印着当地一个啤酒品牌的商标，伞下摆着三张折叠小桌。平时多是工地上的民工放工过来要一两盘肉，喝碗杂碎汤，再加两瓶啤酒。今天，夜市里来了那辆脱衣舞车，民工们都挤过去饱眼福了，这里生意的也就显得有些惨淡了。

此时天色已晚，开始起风了。屠户媳妇看了看阴沉沉的天空，回到铺里拎出一桶水和抹布，先把伞逐个收起，然后挨个擦干净桌子，收拾起桌椅准备收档了。

这时她抬眼看见了正匆匆走来的卡车司机，屠户媳妇赶紧迎了上去，大声打着招呼："哟，您怎么有空过来啊！"她声音故意很大，似乎是说给正在铺子里切肉的屠户听的。

卡车司机没搭理屠户媳妇，而是径直朝铺子里走去。屠户媳妇在他身后轻轻地呸了一声，继续收拾着桌椅，但眼睛一直瞄着他的动静。

铺子里的屠户听到媳妇的声音抬起头，见是卡车司机，忙停下手里的活。卡车司机阴沉着脸凑到屠户跟前，隔着切肉的案台凑近屠户低声地说了一句。屠户听他说完顿时一惊，手上的刀差点切到自己的手。

屠户媳妇见状，忙放下手里的活也紧张地凑过来。卡车司机扭头狠狠地瞪了她一眼，示意她不能过来。屠户媳妇便缩了回去，不敢再靠近，只得待在原地紧张地看着他俩。

卡车司机凑到屠户耳边继续低声嘀咕着。屠户听着，脸上不断露出惊讶的表情。

屠户媳妇看到他这副神态更加好奇，她伸长了脖子使劲听着他们的对话。无奈风声夹杂着远处帐篷里的大呼小叫声，她实在听不清楚。于是她挪到离他们最近的一张桌子前假装收拾东西，此时耳朵里伴着风声传来卡车司机用近乎命令的口吻对屠户说：“……明天你必须跟我走一趟！”

卡车司机说完就头也不回地走了，不给屠户任何说话的机会。经过屠户媳妇身边时恶狠狠地瞪了她一眼，又回头瞪了屠户一眼，扬长而去。

望着卡车司机远去的背影，屠户半张着嘴，愣在那里。

屠户媳妇看卡车司机走远了，忙过来问，“他说啥哩？要你明天去哪儿？”

屠户还傻愣愣地发着呆，没理会媳妇的问话。

“嘿，你个死人，见着他你就不会说话啦？他要你去哪儿啊？你至于这么怕他吗？”

一阵疾风吹过，紧接着一道带着红光的闪电像条赤蛇般钻入夜空。屠户把刀“啪”的一声剁在案板上：“我肏！谁怕他了！你少跟我叨逼叨！”屠户厌恶地瞪了媳妇一眼，咬牙切齿地说：“他说玲玲回来了！”

一声炸雷，骤雨“哗”的一下子从天上泼了下来。屠户媳妇吓了一跳。

11

旷野里风更疾，雨更大，横风横雨，一片漆黑，只有远处山边偶尔出现的道道闪电和沉闷的雷声。

急促的雨声伴随着阵阵闷雷传进了室内，但这一切似乎对坐在桌前正在画纸上画着画的刘亚楠来说没有丝毫的影响。她完全沉浸在自己的世界里，全神贯注地不停地画着。随着她的画笔在纸上的移动，一个人物形象逐渐被勾勒出来，那人正是卡车司机。

“吱呀”一声，门被推开了，女模特抱着脸盆，头上裹着毛巾走了进来。见刘亚楠只开着一盏小台灯背对着门口坐在窗前的桌边画着，她放下手里的东西，从床头的洗漱包里拿出面霜，一边往脸上涂抹着护肤霜，一边好奇地走到刘亚楠近前。

“哎，你干吗呢？”女模特的话把沉浸在画中的刘亚楠吓了一跳，她下意识地用手捂住了正在画的画稿。

女模特没理会她，顺手从桌上拿起几张已经画好的画稿看着，不想却被刘亚楠一把抢了回来。她这一举动激起了女模特更大的好奇心，趁刘亚楠不备，她又一把把画夺过来，眼角和眉梢骄傲地向上挑了一下，一脸不屑地瞪了刘亚楠一眼。

刘亚楠即刻像泄了气的气球，一下子就瘪了，缩在一旁不敢出声。女模特随后一张张地翻看起来，还时不时地瞥一眼刘亚楠。插画上画的有废弃的矿区厂房、小旅馆、林雅娴、床上那个像死人一样的男人，竟然还有女模特自己……

女模特满目狐疑，不解地问刘亚楠：“哎，你……你画这些干吗？”

刘亚楠毫无表情地看了看她，没说话，又低下头继续画她的画了。这个时候她什么也不敢说。

此时窗外突然飞沙走石，风声呼啸。一阵阵野猫瘆人的号叫声和互相撕打扯咬的声音也不时传了进来。

女模特走到窗前撩开窗帘向外张望。她看到窗外的空地上，林老师一只胳膊抱着一个盛满了碎骨头的面盆，另一只手正抓起一把碎骨头向地上扔撒着。女模特正纳闷，很快就看见有几只肥硕的老鼠从黑暗中蹿了出来，扑到骨头上啃啮着。

女模特百思不解，心想：“这也太瘆人了吧？”她刚想放下窗帘，突然看见不远处的黑暗中出现了点点绿光，她又好奇地盯着看去。绿光越聚越多，向着地上的碎骨头聚拢，越来越近。

女模特终于看清了，原来是一群野猫，个个面目狰狞，喉咙里发出呜呜的咆哮声。她再把目光转向林雅娴，只见她猛地把盆里的骨头一下子全都抛撒了出去，嘴里不停地念叨着。女模特赶紧把耳朵贴在窗户上，隐隐地听见林雅娴说："吃吧，吃吧，吃饱了就不会去咬我女儿了。"这话更让人觉得匪夷所思。

女模特正看得聚精会神，一只黑猫突然跳到窗台上，瞪着两只灯泡般的绿眼睛对着窗户里的她龇牙咧嘴，然后凄惨地叫了一声，女模特吓得一下子放下窗帘，身体不自觉地向后仰倒，一下摔了过去。

窗外依然是疾风骤雨，仍不时有野猫的惨叫声传来。

女模特爬起来仍觉得头有些昏沉，她闭上眼睛停了几秒让自己清醒了一下，然后又睁开眼环顾了一下四周。

房间里灯光昏暗，窗前的书桌上那盏小台灯无精打采地亮着。一个瘦小的身影坐在桌前，伏在桌上写着什么。女模特揉了揉眼睛仔细看去，发现桌前那瘦弱女子的身影并非刘亚楠，而是一个十四五岁的小女孩儿，正在灯下专心地做着功课。小女孩儿写字的手腕上戴着一只翡翠镯子，镯子随着她写字的节奏轻轻地敲打着桌面。

女模特困惑了，一时有些想不明白。这个刘亚楠怎么突然变成了一个小女孩了？她坐起身，轻轻地咳了一声，但发现小女孩儿并未受到打扰。难道是在做梦？女模特再次紧闭上双眼，脑子里使劲回想刚才的情景。

她依稀记得一只黑猫跳上窗台，可是后来……后来发生了什么？她无论怎么用力回想也想不起来，再次睁开眼睛时，发现这房间竟变了个样，收拾得非常干净。她轻轻地从床上下来，来到桌前。她看到桌子旁边的墙上挂满了照片。这些照片记载了一个女孩儿从小到大的成长历程。有几张女孩儿妈妈与学生的合影。女模特猜想她应该是个老师。照片上的人端庄秀气，满头秀发，成熟漂亮。女模特忽然觉得女孩儿妈妈眉宇间闪现着熟悉的影子，但她一时想不起来在哪里见过。

她转头又看向桌子，上面放着一个相框，相框里的照片右上角印着几个字“生日快乐，玲玲四岁生日留念”。照片上，在一个花坛边，小女孩儿玲玲两只小手搂着妈妈的脖子甜美地笑着，一只手臂上戴着一个大大的翡翠镯子。

看着这些照片，女模特有些恍惚，她这是在哪儿？

12

窗外，雨正淅淅沥沥地下着。雨滴打落在玻璃窗上，发出嗒嗒的声响。灯下，小女孩儿正在伏案专心地做着功课，她手腕上戴着的镯子随着她写字的节奏轻轻地敲打着桌面。

女孩儿身后的大床上坐着一个四十岁左右的女人，她目光呆滞地看着窗外，一动不动的像座雕像。刚才还在淅淅沥沥下着的小雨，此时变成了大雨，成串的雨滴连成一片，放肆地敲击着窗户，溅起一朵一朵白花花的雨花。

就在这时，门吱的一声被推开了。女孩儿扭头看去，一个瘦高个儿男人一脸媚笑地推门走了进来。他看上去四十几岁，尖嘴猴腮，一脸病态。

“玲玲，在做功课啊？”男人一边回身关好门，一边貌似亲切地问着向桌边的女孩儿走来。玲玲一脸厌恶地看了他一眼，没理他，回身继续做着功课。

男人在离女孩儿身后不远的地方站住了，眼底闪过一丝不易察觉的阴冷。他瞥了一眼床边的女人，完全漠视她的存在。片刻之后，他又向前走了几步来到桌前，从旁边拉过来一张凳子紧挨着玲玲坐了下来。

玲玲把自己的椅子往旁边挪了挪继续写着作业。男人装作没有看见玲玲的冷漠，嘴角撇过一抹冷笑，厚颜无耻地把手搭在玲玲的肩膀上，关心地问："功课做得怎么样？休息一会儿再写吧。"

玲玲扭动着肩膀甩掉他的大手，又把椅子往旁边拉开，接着做功课。男人见状眼中闪烁出几分阴厉之色。他一把抓住玲玲的胳膊，使劲向自己怀中带来，嘴里还道貌岸然地说着："来来来，休息一下嘛，别累坏了。"

瘦小的玲玲被他用力一拉就倒进了他怀里，她拼命挣脱，但无论怎样挣扎在他面前都显得非常无力。男人一只大手抓住玲玲的两个手腕，另一只手开始贪婪地在玲玲身上胡乱摸了起来。

"杜金明，你这个臭流氓！你放开我！"玲玲愤怒地大喊。

杜金明把他的两片厚嘴唇拢在一起，做了个嘘的动作，手却把玲玲抓得更紧，另一只大手更加肆无忌惮起来。玲玲越是挣扎，杜金明似乎越是有种满足感。

他一脸淫笑地看着在自己怀里拼命挣扎的玲玲，不由得把嘴向玲玲的脸上凑过去。玲玲近乎疯狂地挣扎着，她把脸扭向一边躲避着杜金明嘴里鼻孔里喷过来的热气。

她冲坐在床边的女人拼命大声呼救："妈妈！快来救我！"

床过的女人似乎不为眼前的一切所动，她依然神情恍惚地坐在床上，呆滞地看着窗外，根本不理睬玲玲的呼救，就像眼前这一幕完全没有发生一般。

玲玲在杜金明怀里又蹬又踹，两眼充满了愤怒的泪水，眼神之中闪现着一缕绝望和无助之色。但她没有放弃挣扎，身体不停地扭动着躲避杜金明上下乱摸的大手。被杜金明抓住的手腕上的镯子把她硌得生疼，她也顾不得了，拼命抵抗着，她用头狠狠地向杜金明凑过来的脸撞过去，正撞在他的鼻子上。

杜金明疼得忍不住“啊”了一声，头也不由得向后躲开。玲玲终于抓到机会，趁机狠狠地在杜金明抓着她的手臂上咬了一口。杜金明惨叫一声松开了手，人也随之跳了起来。他万万也没想到这小姑娘性格竟如此暴烈。他恶狠狠地瞪了小姑娘一眼，捂着鼻子转身悻悻而去。

玲玲随即跑向床边的女人，跪在她身边，伏在她腿上大哭了起来。哭了一阵，玲玲忽然听到几声“嘿嘿嘿”的笑声。她抬起头，泪眼婆娑地望向那个被她称作妈妈的女人。女人正阴森森地冲着窗外笑着。

玲玲不由得感觉后背一阵阵发凉。她镇定了一下，试探着摇着女人的胳膊：“妈，你怎么了？妈，你别这样啊！妈，你倒是说话呀！”

女人突然收住了笑，慢慢把目光移向惊魂未定的玲玲，面无表情地淡淡地说：“你怎么能咬人呢？”

玲玲瞠目结舌，一时不知如何作答。

女人低头抚摸着玲玲的头，亲切地说：“学校老师没教过你吗？咬人可不是好孩子啊。”

妈妈的话让玲玲彻底绝望了。两行眼泪扑簌簌暴雨般地落了下来。

窗外，雨停了，一切变得异常安静，仿佛什么都没有发生……

不知过了多久，女模特猛地睁开眼睛，发现自己正躺在旅馆房间的床上，枕头上被泪水洇湿了一大片。她的心脏剧烈地跳动着，嘴里大口地喘着粗气，她把双手放在胸前努力使自己镇定下来。

窗外依然是疾风骤雨，不时传来野猫的惨叫。房间里灯光昏暗，女模特抹了抹眼睛，环顾了一下四周，这时她看清刘亚楠依旧坐在桌前，在一盏小台灯下仍旧在画着什么。她又揉了揉眼睛，她搞不清楚刚才那一幕和眼前这一幕到底哪个是梦境，哪个是现实。都像是梦，又似乎都真实地发生过。

她悄悄地下了床，轻轻来到刘亚楠身后，发现她正在画的竟然正是杜金明欺负玲玲的画面。

刘亚楠奋力地在画纸上画着，仿佛在宣泄着玲玲的愤怒。女模特只觉得血往头上涌，她说不清是愤怒还是厌恶，她忽然觉得刘亚楠的画笔摩擦在画纸的嚓嚓声让她无比烦躁。这个刘亚楠难道有预知能力？她为什么能画出刚才发生过的画面？

女模特盯着刘亚楠的身影，觉得有些不可思议。片刻，她又开始头昏起来，只得回到床上仰面躺下，手里抚弄着腕上的镯子。镯子上镶嵌的银质花纹摸起来与光滑的翡翠有种极不和谐的感觉，这让她突然觉得很不舒服，于是她把镯子取下来，放到了枕头下面，沉沉睡去。

第三章　矿洞惊魂

1

第二天清晨的旷野，碧空如洗，太阳早早地就挂在了天边。在废矿区的山坡下，瘦子还是昨晚的那身打扮，嘴里叼着烟，半靠在摩托车上，脚边已经丢了好几个烟头，看样子他已经在这里等了有一会儿了。

这时，老曹开着皮卡载着张建铭、女模特、刘亚楠等一众人来到了瘦子跟前停下。车刚一停下，大家便纷纷跳下了车。

女模特美丽的脸上倦容满面，她最后一个慢吞吞地从车上下来。瘦子第一次近距离看见女模特，感觉似曾相识，不禁多打量了她几眼。

张建铭见瘦子不怀好意，便走到他近前挡住了他看向女模特的视线，然后问道："矿道口到底在哪儿啊？"

"哦，就在上面，走过那处厂区就是。"瘦子只得从女模特身上收回目光，带着众人往山坡上的厂区走去。

山坡上的景象破败不堪，厂房四周杂草丛生，通往厂房大门的路面上积满了沙尘，沙尘半掩着杂草，杂草下掩埋着各种破旧的工具、零件，若隐若现。这时的太阳还没完全爬上山头，还有些清冷的阳光躲在山坡后面，光线被高大的厂房遮挡，让整个厂区显得阴暗许多，四周异常静谧。

女模特完全没有了昨天见到这里的场景时的兴奋，拖着两条疲惫的双腿落在队伍的最后面。虽然仍旧是昨天那身装束，但她眼色无神，原本柔嫩的樱唇此刻显得有些苍白，让俏丽的脸蛋上添了几分憔悴。窈窕的身材微微佝偻着，还没走几步便已经娇喘不止。

张建铭回头看到女模特疲惫的样子，便停了下来。等她走到近前，关切地问：“你怎么了，脸色这么不好？”

女模特本来神情阴郁，无精打采。见张建铭对自己关心，勉强提起精神，嫣然一笑：“哦，没什么，可能没睡好吧。昨天晚上雨太大了，吵得睡不着呢。”

张建铭安慰道：“不急，你要是累了就歇一会儿。我们先上去，在前面等你，别耽搁太久就行。”

女模特感激地点点头，张建铭转身往前追赶前面的人。

等女模特终于脚步沉重气喘吁吁地爬上了山坡，其他几个人早已经不见了，她只得在废弃的厂房中间边走边寻找着他们的踪迹。

厂房窗户上的玻璃大多已残破不全，残留的玻璃上全是蛛网尘埃。玻璃面上像刷了层浅色的土漆，遮掩着窗户后面的故事。而没有玻璃的窗扇相比之下则越发显得黑洞洞的。女模特走到这里不由得放慢了脚步，一阵无名的恐惧感油然而生，她不自觉地打了个寒战。

突然，身后不远处有急促的脚步声传来，女模特转头循声看去，却惊讶地发现身后并没有任何人，这更加剧了她的恐惧感。

她加快脚步向前走去，身后又响起了更加急促的脚步声。女模特有些犹豫了，她停了下来，但没敢再回头看。她向山坡上张望着，并没看到其他人。她更加害怕了，于是大声喊了起来：“亚楠！刘亚楠！”她喊了两声，没有人回应。

她静静地听着身后的动静，四周一片死寂。这个地方不能久留，她决定往回走。就在转身的瞬间，突然在厂房破碎的窗户玻璃上映出一个人影，里面的人竟然和自己长得一模一样。只是那人浑身泥土，脸上还有血迹，像是刚从战场上下来似的。玻璃里的影子正在焦急地朝女模特挥舞着双臂大声呼喊着，可是女模特却听不到任何声音。

女模特急忙回头看向身后，奇怪的是仍不见任何人影。她的心倏地跳了一下，顿觉血往头上涌，后背一阵发凉。她连忙不顾一切地往厂区外跑，却赫然发现窗户玻璃上的影子也一直跟着她奔跑着。那身影从一个窗户上跳到另一个窗户上，一边跑一边焦急地对她挥舞着手，嘴里不停地大喊着，像是想告诉她不要做什么。

女模特停下脚步，慌张地看向四周，周围依旧一片死寂，什么人也没有。她努力使自己镇定下来，再竖起耳朵静听，还是听不到任何声音。

女模特被这情景搞得精神崩溃了，她开始歇斯底里地大声惊叫。她从地上捡起一块石头，狠狠砸向窗户玻璃，哗啦一声，玻璃碎了，在一片支离破碎声中影子也随即消失了。

这时前面的几个人听到惊叫声纷纷从前面的厂房后面跑了回来。看见女模特慌张的样子，张建铭却反常地镇静，语气淡淡地问："你是不是看见什么了？怎么吓成这样！"说话中他的眼神高深莫测。

女模特不知道怎么回答他，难道她刚才碰见鬼了？

2

矿区旅馆里，林雅娴拿着清洁用品敲响了女模特房间的房门。她敲了几下之后，无人应答。又敲了敲，见仍没人回应，便拿出钥匙打开了房门。

走进房间，她径直走到窗前拉开窗帘，随后把窗户打开。一阵清风随即扑面而来。她站在窗前深吸了几下，便开始打扫房间。先是清倒了垃圾，之后又擦了擦桌子，开始整理床铺。她拎起枕头刚想拍打，发现了女模特昨晚放在枕头下面的镯子。这镯子如此眼熟，猛地想起了什么，她不顾一切地冲出房间，一路跑回自己的屋内。

此时卡车司机开着那辆卡车和屠户两人正好来到旅馆门外。停好车，两人从后车斗抬下来半扇猪肉，一起往旅馆里走去。

卡车司机和屠户进了前厅，见没人便你一声我一声地喊了起来："林老师，林老师！"还是没人答应，两人相视一望，默契地一同往旅馆后面走去。

林雅娴冲进房间，径直来到桌子跟前。一把拿起桌上摆放的一个相框，神情激动地看着相框里的照片。

这是一张黑白照片，右上角印着 "生日快乐，玲玲四岁生日留念"。照片上林雅娴站在盛开的杜鹃花前搂着女儿，女儿站在花坛上，两只小手搂着妈妈的脖子，幸福地依偎在妈妈肩头。女儿绕在妈妈脖子前面的一只手臂上一个大大的翡翠镯子格外抢眼。因为太大，镯子几乎戴到她的胳膊上。林雅娴秀发披肩，端庄秀气，女儿灵动可爱，两人都笑得非常甜美。

林雅娴眼睛盯着照片上女儿戴的镯子看了好一阵，然后又把手上的镯子和照片上镯子对比着，她越看越激动，最后竟欣喜若狂地哭了起来，两行热泪抑制不住地滑落面颊，在她那枯燥的皮肤上留下两道曲折的印迹。这是女儿的镯子啊！是女儿回来了！

就在这时，门外传来屠户的叫声："林老师，林老师在家吗？"门被推开，屠户站在了门口。

看到屠户，林雅娴怔住了，她拿着镯子和照片的手不禁有些颤抖。屠户看到了林老师泪流满面的样子，不由得有些不知所措。卡车司机从门外悄悄探出头来，意味深长地冲屠户使了个眼色，手在屠户的腰间捅了一下。

屠户一时有些不明白他的意思，可是被他一捅，便不自觉地向前一步走到林老师面前，他语无伦次地问道：“林老师，您这是？哦，我，哦不，我们……呃，是来……呃……”

林雅娴似乎没听到屠户说什么，她激动地打断他，声音有些颤抖地说：“玲、玲玲，是、是玲玲回来了。”说完，她突然看见了正在门外向里探头看的卡车司机，立刻怒目圆睁，“你来干什么？你给我滚！都是你害了玲玲！”

屠户见状，忙上前扶住林老师，拉她在床边坐下，嘴上劝说着：“林老师，我这不是给您送猪肉来了嘛，让他帮我搭把手。您别生气，肉我给您搁厨房了，我们这就走。”说着他接过她手里的镯子和照片摆弄着看着，心里奇怪，嘴上不由得冒出来，“您怎么知道玲玲回来的？”

林雅娴激动得双唇颤抖，嘴里叨叨着：“镯子，这是玲玲的镯子。”

屠户好奇地看了看照片，又看了看镯子，不解地问：“这俩镯子不一样啊，您怎么激动成这样？”林雅娴似乎全没听见，坐在床边发呆。

屠户一时不知如何是好，他忍不住向门外看去，卡车司机向他狠狠地使了个眼色。他定了定神，缓缓把镯子和照片递还给林雅娴，说：“您说玲玲回来了，那可真好，没白辜负您这些年的等待。”说完站起身就往门外走，嘴上说着，“那林老师您先忙着。我改天再来看您。”

到了门口，卡车司机堵住了他，咬着牙恶狠狠地瞪着他。屠户只得回身假装随意地问：“哎，林老师，听说您这儿来了一帮拍写真的人，这下您可得忙一阵了。”说完他注意观察着林雅娴的神态。林雅娴依旧目光呆滞地望向窗外，没吭声。

屠户自觉没趣，可又不知道该如何是好，便不由得看向躲在门外的卡车司机。卡车司机狠狠地使了个眼色，屠户只得又找辙说：“咳，我也是瞎听来的，这不给您送肉来了，琢磨您有客人可能用得着。哎，怎么没见着他们呀？”

林雅娴抬起一双混浊的泪眼，没好气地低声说：“一大早就跟耗子一起进矿洞了。”

“耗子？”门外的卡车司机听到林雅娴说出这个名字，心底猛地一动，他微微眯起眼睛，眼底闪过一道阴寒之光。

屠户又随便安慰了林雅娴几句，便走出房间。两人快步走出旅馆，直到上了车，卡车司机这才沉声对屠户说：“小心耗子这小子坏事！”

3

厂区后面不远，又是一处更高一点儿的山坡，矿道口就开在半山坡上。矿道口被一道大铁栅栏门封住了，门上拴着一条粗大的锈迹斑斑的铁链子，链子上挂着一把巨大的铁锁。耗子用一把大号的老虎钳子费了半天劲终于把拴在大铁门上的链子剪开了。耗子扒掉铁门上乱生的藤蔓杂草，招呼老曹和张建铭过来帮忙。几个人合力把大铁门推开，露出了里面的矿洞。

矿洞里面昏黑一片，阴气扑鼻，一条向下延伸的矿道展现在眼前。锈色的铁轨顺着斜坡向下延伸到矿洞漆黑的深处，看不见尽头。

耗子从身后的背包里拿出几只矿灯，分发给大家。当递到女模特的时候又紧盯着她上一眼下一眼地看。女模特冷淡地接过矿灯，面无表情地把头转向一边，厌恶地皱了皱眉头。

耗子见状也不生气，嘴角向上翘了翘，冷笑了一下。

张建铭示意耗子赶紧在前面带路，一行人便跟着他沿着脚下的铁轨小心翼翼地走进矿道。

走了一段路，女模特心里产生了异样的感觉。虽然有矿灯照着路，但是矿灯的照射范围有限，矿灯照射范围之外仍然是人眼无法穿透的黑暗。没人知道那充满阴冷潮湿霉烂腐败味道的黑暗里到底隐藏了多少秘密，暗藏了多少危险。想到这里，女模特不禁打了个寒战。她不想再往前走了，停下拉住张建铭，语气里充满质疑地问他："我怎么觉得你们不像是要拍摄啊？为什么跑到这种鬼地方拍照？"张建铭哄着她："你害怕了？没事儿，咱们不是有向导嘛。"见女模特仍旧站在原地不动，张建铭开玩笑般地说，"你就全当是来探险了吧。"说完笑着继续往前走去。

女模特心里一万个不愿意，她干脆想自己回去。可是看了看渐渐远去的一行人，周围的黑暗让她不敢只身一人回去，只得紧走几步跟上了大家。

矿洞里面简直像个迷宫，大大小小、高矮不一、宽窄不同的矿道纵横交错，一路走过了很多岔口，而每一条岔道又通向不同的方向。耗子带着众人拐过几个弯，穿过几个岔口，很快所有人就完全迷失了方向，早已分不清是从哪条路过来的了。

老曹和耗子走在最前面，女模特和刘亚楠走在中间，张建铭走在最后。女模特深一脚浅一脚地走着，嘴里还时不时地抱怨着。刘亚楠心里也犯了嘀咕，她小声问女模特："你还记得回去的路吗？"

女模特没回答，却拦在了张建铭前面，冲他抱怨道："当初合同上可没说拍摄环境是这样的，这算不算违约啊？"说着脚下一歪，差点跌倒，幸好张建铭及时搀扶了她一下。

老曹在旁边呵斥了一句："行啦行啦，哪儿那么多废话。"

女模特瞪了他一眼，无奈只得继续往前走。她小声对身旁的刘亚楠说："你看前面耗子长得那样就不像个好人。"

刘亚楠没说话。女模特又说："后面这两人估计也没安什么好心。"刘亚楠轻轻拉了拉她的胳膊，用手指放在嘴上示意她别说话，小心被其他人听到。

一行人经过一处岔口后，发现前方豁然开朗，所有人都停下了脚步，大家不约而同举起矿灯四下照了照。矿洞顶部和洞壁上贯穿着各种粗细不一的管道，有些管道已经锈烂断裂。地上杂乱地堆放着一些破油桶和大塑料桶，有些桶里还存留着一些油和化学制剂。看样子这里当年应该是一个临时仓库，年深日久，这里的东西早就蒙上了陈年的灰尘，不仔细看根本辨别不出来。

“别动！”耗子突然大叫一声。众人的心同时被揪了起来，全都屏住了呼吸，齐刷刷地望向他。

矿洞里死一样的沉寂，女模特甚至能听到旁边刘亚楠的呼吸声和自己的心跳声。

张建铭先缓过劲来，怒声问耗子：“你瞎咋呼什么？到了没有啊？”

耗子两只小眼睛从众人身上一一扫过，过了十秒钟才压低声音神秘地说：“就在前面不远啦。”

女模特紧张得有些透不过气，警惕地问张建铭：“你们到底在找什么？不是说好来拍写真的吗？”

张建铭没回答她，而是绕过女模特和刘亚楠来到耗子身旁：“走吧。”他下颌一扬示意耗子继续往前走。

见大家都跟着向前走去，女模特只得极不情愿地跟着走。听着前面几个人脚踩在碎石地面上的声音，她忽然觉得那声音变得越来越清晰，越来越犀利。她甚至可以听到脚下每一颗坚硬的碎石被鞋底碾压磋磨发出来的痛苦的惨叫。

这声音让女模特的视线变得渐渐模糊，心中烦躁无比。这时她感到自己的心跳越来越快，呼吸变得急促艰难，身上头上冷汗直冒，脚步也变得踉跄起来。

这时她听到张建铭飘忽遥远的声音：“快看看她怎么了？”然后她

只觉得自己眼前倏地闪亮一片，亮光刺得她闭上了双眼，然后身体便飘了起来。

4

过了好一会儿，女模特才慢慢恢复了意识，她发现自己躺在地上，靠在刘亚楠怀里，几个人影都聚在她身边低头查看。她的视线里却看不清任何人，倒是对面矿洞壁上刻着的一些形状怪异的符号清晰地映入眼帘。那符号不就是手镯上的花纹图案吗？

女模特瞪大了眼睛盯着石壁上的怪异符号，忽然觉得那些符号开始变形。她预感到一定有什么不好的事情就要发生，她赶紧闭上双眼。

这时，女模特听见老曹说：“又晕过去了吧？”接着她感觉到有一只手探到她的鼻下，然后就是一阵窸窸窣窣的声音，女模特一阵恍惚。随后她听到一个清晰的声音在问：“别乱打主意，快说，墓地到底在哪儿？”虽然是压低了声音悄悄在问，但是这句话却清晰地传进女模特的耳朵里。这肯定是张建铭在悄悄问耗子，女模特心想。

此时洞壁上的符号又浮现在女模特眼前，她使劲闭了闭眼，却发现根本抹不去符号的样子。那些符号在她眼睛里继续变形，图形不断扭曲变换，最终变成子宫里胎儿的样子。

正惊诧不已又百思不解之时，女模特忽然感觉一个硬硬的瓶口触碰到自己的嘴边。她把眼微微睁一道细缝，看见刘亚楠正在给自己喂水。她喝了几口水之后，感觉好了一些，呼吸渐渐平稳了下来。她无力地依偎在刘亚楠怀里，眼睛微闭，这群人到底想干什么？她心里有些忐忑，直觉告诉她他们不像是在干好事。她假装昏迷，耳朵却竖起来听着。

“看见这些符号没？就在这附近了。”耗子对张建铭说。

张建铭凑近了石壁仔细看着。耗子在一旁自言自语道：“哎，奇怪了，原来这里有条矿道能通过去的，什么时候塌了？”耗子说着又拿起矿灯到处照着。

突然，他看到矿道深处似乎有两个人影闪过，心里不由得一惊，但表面上却并未表现出来。他很快让自己镇定下来，看到刘亚楠正安抚着躺在她怀里的女模特，而张建铭和老曹还在仔细研究着石壁上的符号，没有人注意到周围的情况，耗子悄悄地一步一步向身后的黑暗中退去。

“是不是有点像手镯上的图像？”张建铭问老曹。老曹回身去看女模特手腕上的镯子，却发现她两条白皙纤细的手臂绵软地瘫在地上，手腕上空空如也，根本没有镯子！

“哎，手镯呢？”听到老曹的惊呼，张建铭也回过头来，见老曹正抓住女模特的手腕使劲摇着问她。

女模特本来就没有昏迷，被老曹抓得手腕生疼，她“哎哟”一声，下意识地一把甩开他的手。

张建铭有些恼怒地说：“行啦，别装了！”女模特听他这么说，一下子坐了起来，理直气壮地又故意撒娇地说：“人家忘戴了嘛，怎么啦？”

“这么重要的东西怎么能不戴呢，咱们为什么来的你忘了吗？”张建铭语气中充满了责备，但又无法冲女模特发火，于是便把火都撒到刘亚楠身上。

他朝刘亚楠大声嚷嚷着：“你是干什么吃的，怎么也不帮着提醒点，真当是带你来玩了！”

刘亚楠一声不敢吭，只是轻轻地把女模特扶着站了起来。

女模特这时已经完全缓过来了，攒足了力气冲张建铭大喊：“你发什么火呀！别以为我没听见，神神秘秘的，你们把我带到这里到底要干吗？

你们为什么要找墓地？这里怎么还会有墓地？”

听到女模特提起墓地，张建铭下意识地回头去看耗子，却发现耗子竟然不见了。

“哎，人呢？你们谁看见耗子了？”张建铭用手电光在每个人脸上、身上都照了一遍。

“妈的，还是给这孙子骗了！”老曹骂着，冲着黑暗外又喊，“嘿！孙子！你他妈的给我出来！”老曹的喊声一波一波地向矿洞的更深处传去。

老曹气得从地上捡起一块石头发泄般地向矿道狠狠扔去。张建铭也没了主意呆立在原地。

过了一会儿，张建铭拿起手电往前走了几步，他照了照前方，看到不远处似乎有两个分岔口。张建铭于是招呼众人过来，他指着其中更近些的一条岔道说：“要不往这边走走试试，刚才他不是说就在附近了吗？”

见大家都不回应，张建铭想了一下，便带头向矿道深处走去。老曹连忙催促着女模特和刘亚楠跟上。

5

耗子连滚带爬地跑出了矿道，不顾一切地向山坡下冲去。他跑到路边的摩托车旁飞身上车，手忙脚乱地点着车，加大油门向旷野里疯狂开去。

耗子一边开着摩托，脑子里一边飞快地转着：老枪和二宝怎么会这个时候突然出现在矿洞？到底是为了什么？幸亏老子眼活耳灵地发现了他们，不然还不知道这两个恶棍会干出什么事来呢。想到这里他不禁有些得意，嘴角不知不觉中露出一丝笑意。

脑子里想着事儿，车速不由得就慢了，这时他忽然听到身后有汽车的马达声逼近，回头看去，发现竟是老枪开着卡车从后面追了上来。

耗子一看不妙，慌忙一拧油门加速，摩托车一下提了速，卡车马上被甩开老远，但老枪的卡车仍旧紧追不舍。

摩托车和卡车就这样一前一后在公路上风驰电掣着。这时前方出现一个弯路，耗子不得不减速。会骑摩托车的人都知道，车一旦上了速度是绝对不能动龙头的，动了龙头就会翻车。所以在赛车比赛时在弯道上我们看到骑手都是把身体侧压向一边。耗子毕竟不是专业赛手，他不会压弯。所以一到弯路他便只能把速度降下来，这样他立刻就被老枪的卡车追上了。

转过了弯，他一加油门，车又像离弦之箭蹿了出去。就这样每次耗子刚刚甩开卡车，前方路就又出现弯路，一到弯路他的摩托车就很快被卡车追上。两辆车就像猫捉老鼠似的一会儿紧贴在一起，一会儿又拉开距离。

眼看前方的公路已经到了尽头，耗子的摩托车不顾一切冲进了戈壁。摩托车在戈壁荒漠尽显优势，老枪的卡车被远远地甩在了身后。

耗子回头看到老枪的卡车被远远落在后面，又不禁得意起来，他回头冲后面的卡车伸出两个手指表示胜利。待他再回过头来时，却突然发现一块大石头横在眼前。离得太近了，已经来不及躲避，摩托车重重地撞了上去，耗子一下子就从车头飞了出去。他在空中做着挣扎的动作，飞了老远才狠狠地摔在地上。

耗子被直接摔蒙了，眼前金星乱跳，但他脑子还算是清醒。他顾不得浑身的伤痛，艰难地从地上爬起来，一瘸一拐地继续逃跑，可这时老枪开着卡车已经追到了眼前。

老枪和二宝跳下车，撒腿猛追前面的耗子，没几步二宝就冲了过去，一下子把耗子扑倒在地上，压在自己身下。

老枪也赶上前来，揪起耗子的衣服领子，把他从二宝身下拉了起来。

恶狠狠地问："你他妈老实告诉我，他们到底是什么人？"

耗子吓得直哆嗦，嘴巴也不利落了："我、我、我不知道，真、真不知道！"

老枪另一只手卡住耗子的脖子，耗子顿时觉得气不够喘，脸憋得通红。

"我他妈再问你最后一遍，你丫给我老实回答，他们找你到底干什么？"老枪目露凶光，咬牙切齿地问。

耗子两手抓住老枪的手，想掰开他卡在喉咙上的手。嘴里含含混混地说："你、你放开点，我、我说，我说……哎呀，哎呀呀，我快喘不上气了。"说着两眼直往上翻。

老枪松开耗子，耗子即刻瘫软在地上，脸色苍白，目光畏缩。他用手揉搓着脖子，颤抖着声音，眼神闪躲着说道："没，没，没什么，他们就是要、要进矿洞，想、想让我带路。"

二宝追问他："他们进矿洞干什么？"

耗子眼珠一转："说、说是拍写真。"

老枪凶狠地又一把掐住耗子的脖子，从牙缝里挤出几个字："说人话。"

耗子忙说："是找、找墓地。"

二宝看了老枪一眼，很不解地问："找什么墓地？谁的墓地？"

老枪没理会二宝，冷冷地问道："那个女的到底是谁？"

耗子被他突然这么一问，一时有点儿蒙："哪、哪个？哪个女的？"

"别他妈跟我装傻！你说！那高个子女的是不是玲玲？"

"啊？哦，是、是吧？好、好像有点儿像……啊不，我、我是说真、真的有点儿像。"

老枪阴沉着脸，皱着眉，两眼放出凶光紧盯着耗子，没再说话。看到老枪的样子，耗子早已脸色惨白得不成样子，身体抖若筛糠了。

老枪看了二宝一眼，便转身回到车上。二宝趁耗子看着老枪的背影发愣的工夫，出其不意，一拳重重地打在耗子脸上。耗子扑通一下就倒在地上，失去了意识。

二宝冲着昏死在地上的耗子吐了口口水，便上了车，卡车卷起一阵沙土掉头向来的方向疾驶而去。

6

矿洞里的一行人看来是遇到了鬼打墙。他们在刚才那个岔口来回走了几次，可是不管选择哪条岔路，最后又都转了回来。

"这不还是刚才那地方嘛！"老曹有些泄气，一屁股坐在地上。

张建铭顺势招呼大家坐下，同时安慰着大家说："先都别急，咱们休息一下，冷静想想。"

老曹提议从原路返回，但大家对到底哪条矿道是原路产生了异议。女模特、张建铭和老曹各执己见，争论不休，最后大家只得都望向一直默不作声的刘亚楠。

刘亚楠看着大家期待的目光有些不知所措，顿了好半天才小声嘟囔了一句："我也不知道。"大家又都不说话了。

"看来咱们是迷路了。"女模特叹了口气，打破了沉默。

张建铭看了她一眼，意味深长地说了一句："心里要是有盏灯就不会迷路。"

女模特不屑地回一句："哼，说得轻巧。我们就等着你心里的灯照亮我们呢。"

“那找不到出路可怎么办啊？” 刘亚楠话音里带着哭腔。

张建铭冷静地说：“一会儿咱们再走一次……”

“别说话！”女模特突然打断了张建铭。大家一同看向她，眼神中都充满了疑问。女模特把手指放在唇边示意大家不要出声，她屏住呼吸侧耳倾听。

“听到吗？有人来了。”女模特悄声说。其他几个人也屏气凝神竖起耳朵，却没听到任何声响。

“哪儿有人啊，别自己吓唬自己行不行！”老曹揶揄着她。

张建铭起身拍了拍屁股上的土，说道：“走吧，再待下去，估计有人该疯了。”

女模特狠狠地白了他一眼。

刘亚楠小声问：“那，咱们往哪条路走啊？”

张建铭继续着方才的话：“这样，咱们一共四个人，每个人的矿灯负责照一个方向，咱们只往前走，不转任何方向……”

于是四个人按照张建铭的建议往前方走。张建铭在前，老曹在后，中间是女模特和刘亚楠，四个人同时用矿灯照着前后左右。

这条矿道相对比较宽阔，显得矿灯的灯光有些弱，灯光照不到的地方更显得黑暗而秘不可测。

四个人用各自手上的矿灯坚守着各自负责的方向，他们的行进速度因而很慢。女模特坚信刚才听到了有人走动的声音，在行进的过程中她始终警惕地用耳朵搜索着四周异样的声响。果然，她又听到了在他们几个人的脚步声中似乎还夹杂有另外的脚步声，而且这脚步声应该离他们不远，一直悄悄地跟随着他们。

她猛地站住，身后的刘亚楠差点儿撞到她身上。

女模特压低声音说：“都别动！别出声！”

所有人全都停下了脚步，老曹刚要开口，就被女模特那只纤细白嫩的小手捂住了嘴。女模特用矿灯照向每个人的脚，看到每个人都站在原地没有任何移动，之后神情紧张地说："我觉得有人在跟着咱们。"语气里充满了恐惧。

听她这么说，大家全都屏息竖耳侧听，却并没有听到任何动静，矿洞里只有一片死寂。

这时张建铭手中的矿灯光线一下子弱了下来："糟糕，快没电了。"张建铭用手拍了拍矿灯，好像这样可以让灯再亮起来似的。

"赶紧走吧，别一惊一乍的啦！一会儿都没电了就麻烦了。"老曹催促道。

四个人只得继续往前走。没走出多远，张建铭的矿灯果然没电了。刘亚楠赶紧把手中的矿灯递给了张建铭。又过了一会儿，这只矿灯又暗了下去。女模特正要把手中的矿灯也递给张建铭，却发现这只矿灯的灯光也在苟延残喘，挣扎了几下之后，也黯然灭了。现在只剩下老曹手里还有一盏矿灯，但光线也已经极其微弱。老曹照了照身后的矿洞，后面死黑一片。他来到队伍的最前面，几个人又继续往前走去。

昏暗中，女模特和刘亚楠相互搀扶着走在中间，张建铭跟在后面。正走着，女模特突然"哎呀"一声蹲了下去。刘亚楠和张建铭忙低头去看，原来她不小心踩到一块碎石崴了脚。几个人刚扶起了女模特，突然觉得眼前一暗，走在前面的老曹和灯光突然就消失不见了，矿洞里立刻被黑暗包围，伸手不见五指。

张建铭大声喊着："老曹！老曹！"便放开女模特，急匆匆地往前去查看。

黑暗中女模特睁大眼睛，努力让眼睛适应黑暗。她隐隐感觉旁边似乎有一块凹进去的矿道。她拉着刘亚楠，大着胆子向那里挪动过去。刚一凑近，她赫然发现两张熟悉而恐怖的面孔出现在眼前。她已经能够感受到那两张脸上的鼻孔里呼出的热气直扑过来，他们也正瞪着恐怖的眼睛盯着她看，与她的脸距离不到半尺。

女模特惊叫一声，顾不得脚痛，丢下刘亚楠掉头就跑。

7

女模特慌不择路，完全迷失了方向。她步履蹒跚，跌跌撞撞地在矿洞里摸黑跑着，一刻也不敢停下来。她感觉那两个黑影就一直在离她不远的后面追赶着她。

她越想快跑，越觉得脚步沉重，甚至连腿都迈不开。跑不出几步就摔倒了，她逼迫自己爬起来再跑。她心里只有一个念头，就是一定不能被他们抓住，她一定要离开这个矿洞。这里实在太恐怖了，她要冲出去，她渴望光明，渴望见到阳光。

汗水顺着她的脸颊滑落，鞋也跑丢了一只，但她根本顾不了那么多，心中只有一个念头：向前跑，向前跑。

不知跑了多久，她感觉胸口憋闷无比，她一边跑一边大口大口地喘着粗气。她用力扩张鼻翼，拼命地呼吸着。此时她只觉两眼发黑，双腿越发沉重，沉重得恨不得用手去搬动自己的腿才能勉强迈出一步。渐渐地，她感觉自己再也移动不了半步了，可是心里仍旧在做出向前跑的努力。无奈两条腿像被灌注了铅一般再也动不了了，她一下子摔倒在地。

她趴在地上嘤嘤地哭了起来，刚哭了两声便又听到了急促赶过来的脚步声。她忍住哭泣，不顾疼痛，艰难地再次爬起来，可是她觉得身体沉重得竟然就像与地面长在一起一样，完全动不了。

就在绝望之时，一只干枯的手一把抓住了她的胳膊，吓得她连声尖叫。来人用手及时捂住她的嘴，然后另一只手只是轻轻地扶了她一下，她便突然一身轻松地站了起来。来人随后从身后摸出手电，打开在她身上脸上照着看着。强光晃得女模特睁不开眼，她用手遮挡着手电光，从指缝中她看清这人原来竟是林雅娴。

女模特呼哧呼哧地喘着粗气，胸部随着她的呼吸一起一伏。她感觉喉咙口像着了火般在冒烟，她干咽了口吐沫，上气不接下气地对林雅娴说："老、老枪、和、和二宝，在后面，追、追我，他们要、要抓我。"

林雅娴没有说话，她拉起女模特便向前走去。女模特跟在林雅娴身后磕磕绊绊地走着。有了林雅娴带路，很快她们在经过了一个岔道口后，便来到了另外一条矿洞。

一进入这条矿洞，女模特就看到远远的矿洞深处顶部有一束光亮。林雅娴拖着疲惫的女模特很快来到了光束下面。这是一个垂直向上的通风口，光线斜斜地从上面照射进来。女模特抬头仰望，她看到通风口似乎可以一直通向上面的地面，心中悠然升起一股强烈的对光明生活的向往之情。

林雅娴指了指洞壁上生满铁锈的梯子，又向上指了指洞口，然后灵巧地顺着梯子爬了上去。

女模特见林雅娴丢下她爬上去，急得直叫："哎，哎，你别丢下我啊！"

林雅娴好像没听到一样，继续往上爬着，中间有一根横梯因为年久腐蚀被她蹬断，横棍掉落在女模特眼前，她急忙向旁边躲闪开。

林雅娴动作非常利落地三下两下便爬到了通风口顶。她用力推开通风口上的铁箅子，翻身爬了出去便消失了。女模特正要喊叫，又见到林雅娴忽然又出现在洞口，她趴在洞口边缘向她招手，示意她也往上爬。

女模特看着高高的洞壁，又看了看洞壁上严重腐蚀的铁梯子，一时有些犹豫。上面的林雅娴又冲她用力招手，女模特四下看了看，身后死黑一片，就像块黑布严严实实地遮挡在眼前，什么也看不见。这时她感到那块黑布一般的黑暗后面似乎又传来了脚步声，她终于下定决心，踮起脚一把抓住梯子下沿，双臂用力，两脚蹬住洞壁，死命爬上了梯子。

她抓着铁梯一节一节地向上爬着，爬了一阵她往下看去，发现自己已经爬了很高很高了，洞底的地面都已经模糊不清。

她再抬头看向洞顶，却发现自己距离洞口还是那么远。她咬紧牙关继续用力向上攀爬，可是无论她怎么爬似乎也爬不到顶，她距洞顶的林雅娴还是那么远。她有些绝望地看向上面的林雅娴，却见她突然脸上露出一种怪异可怕的笑容。她慢慢在洞口边坐下来，一只脚随意地把梯子蹬了一下，咔嚓一声，梯子的一边断裂了，从洞壁上脱离。女模特的身体随着晃动的梯子摆动起来。她想叫喊，却已经一点儿力气都没有了。林雅娴的另一只脚又使劲踹了一下，咔嚓，梯子彻底断了，顺着洞壁向下滑去。女模特顿时失去了平衡，整个人一下子腾空，惨叫着摔向洞底的黑暗当中……

8

玲玲一边哭一边扇着对面一个女孩儿的脸，嘴里不停地说着："你别哭了，求你别再哭了，我不想打你的，都是他们逼的，呜呜……"可是那个女孩儿却更大声地哭起来，旁边三个男孩放肆地淫笑起来。

林雅娴拖着疲惫地双腿正走在回家的路上，在课堂里站了一天，腿都有些肿了。她远远地看到前面有几个女孩儿似乎在打架，其中一个像是自己的女儿玲玲。她忙快步走过去。走到近前看到果然是玲玲！她竟然在抽打一个女孩儿的脸，被打的女孩儿已哭成了泪人。

林雅娴不由得怒火中烧，冲上前来一把扯开被打的女孩儿，不由分说抡起巴掌狠狠地在玲玲脸上抽了过去。

“啪”的一声重重地抽在玲玲脸上，玲玲被突如其来的一巴掌打蒙了。她用手捂着被打的脸看向怒气冲冲的林雅娴，眼神中充满震惊之色，委屈的眼泪止不住地哗哗落了下来。三个男孩儿见有大人来了，立刻一哄而散，片刻间就跑得没影了。

林雅娴扯过玲玲的书包，不由分说地拽起她就往山坡上走。经过厂区，不少工人都奇怪地看着她们娘儿俩，指指点点，议论纷纷。

玲玲一路挣扎着想挣脱开，却被林雅娴牢牢地攥住手腕不放。林雅娴气得声音都有些颤抖，嘴里不停地重复着：“我让你学坏！我让你学坏！”

玲玲哭着想解释，可林雅娴完全不给她机会，一路连拖带拽来到一处无人的矿道口。玲玲看着黑洞洞的矿道口，心里怕极了，挣扎着不肯进去，而林雅娴则越发拼命地把玲玲拽进了黑洞。

林雅娴把玲玲按到洞壁上，让玲玲面壁站好，厉声喝问：“你错了没有！你说，你错了没有！”

玲玲倔强地梗着脖子，一声不吭，眼睛里已经没有了泪水，只是恨恨地看着林雅娴。

见玲玲这副样子，林雅娴更是气不打一处来，她浑身发抖，用力拖着玲玲往矿洞更深处走去。玲玲不再反抗，由着林雅娴拉扯着她往里走。

来到里面一处稍平缓的地方，林雅娴站住了。她深深吸了口气，平复着自己的心情。玲玲一副随你处置的态度，冷眼看着林雅娴。林雅娴气得一时说不出话，两人便僵持在那里。

突然，玲玲一把从林雅娴手里抢回书包，然后用力猛地推开林雅娴。林雅娴站立不稳，一个趔趄向后倒去，头重重地磕在地上的一块石头上，一动不动了。玲玲怨恨地看了一眼躺在地上的林雅娴，紧咬嘴唇倔强地向矿洞更深处走去。

尽管心中没底，玲玲仍倔强地往矿洞里走去，越往里走矿洞越黑，看不到尽头。走了一小段路之后玲玲停了下来，微微闭了闭眼睛，努力适应着矿洞里昏暗的环境。冷静下来的玲玲这时才开始害怕，委屈的眼泪止不住地流下来，但她依旧赌气地继续往里走。

四周已黑得伸手不见五指。玲玲一直在心里怨恨着妈妈，从妈妈又想到了继父杜金明。一想起杜金明，玲玲心中更加愤恨难平。她下定决心从此再也不回那个家，而且她要报复他们，让他们再也找不到她，要让他们因为失去她而受一辈子的自责，要让他们一辈子都在深深的自责中后悔，后悔曾经这样对待她。

想到这里，玲玲把心一横，扔掉书包，脱掉一只鞋，把手腕上的翡翠镯子也脱了下来扔在地上，她要制造一个失踪的现场。

镯子在地上突然闪亮起来，仿佛在提醒玲玲它的存在。玲玲有些不舍地又把镯子捡起来捂在心口，眼泪再次涌了出来。她此时心里无尽地思念着爸爸，这种思念像毒虫般咬噬着她的心。她的心被一点点撕扯开，那种痛是那么缓慢却又深刻地煎熬着她。

她把镯子放在嘴边亲吻了一下，终于狠了狠心，把镯子在地上敲碎丢掉，然后毅然向矿洞深处跑去。

不知过了多久，矿道里传来一波又一波寻找玲玲的声音。玲玲借助黑暗一次次地躲避着寻找她的人们。她静静地趴在石头下面，屏气凝神，一动不动，但耳朵却不听话地在寻找她的声音中期待着妈妈的声音。

过了许久，寻找她的人声渐渐远去，矿洞里逐渐静了下来。当玲玲确定寻找她的人全都离去之后，心中忽然升腾起一股失望之情。她下意识地用手挥了挥，想把这个念头挥去。她像被暴风雨摧残过的花，萎靡而颓废。她慢慢地爬起来，顺着一条岔道漫无目的地继续向前走去。

不知走了多久，终于，她看到一束阳光从前方的矿洞顶部照射下来。玲玲快步走到那束阳光下面，攀上了洞壁上生满了铁锈的梯子，飞快地爬了上去，消失在洞口……

9

女模特慢慢睁开了双眼，她的意识还没有完全清醒。她茫然地四下看看，渐渐意识到自己正躺在旅馆的房间里，有几个人围在她的床前。她从这几个人脸上一一看过去，他们的形象逐渐清晰起来。

首先看到的是刘亚楠呆板的面孔。见她醒了，刘亚楠有些激动地叫着："醒了，醒了，她醒过来了！"

她旁边是老曹，面无表情地板着脸，然后是林雅娴，她竟然目光亲切，最后是张建铭那张俊朗的脸。

张建铭这时也俯下身关切地问道："你感觉怎么样？"

女模特和张建铭的目光相遇，心头倏地一热，她立刻闭上眼睛仔细体味。谁知眼睛闭上的瞬间，这种感觉竟完全消失了，脑子里立刻一片空白。她极度失望，便开始努力回想刚才到底发生了什么。

"我怎么了？出什么事了？"女模特睁开眼睛问道。

"我们在矿洞里找拍摄地点，正问你为什么没戴镯子你就突然昏倒了。"刘亚楠轻声说。

女模特这时仿佛一下子清醒过来，她掀起枕头翻找，却不见那镯子。她猛地起身下了床，光脚站在地上，在床上到处翻找着。

她看到林雅娴一直在亲切地盯着她看，就问："你收拾房间时看到一个镯子没有，我记得就放枕头底下了。"

林雅娴看着她微笑不语，但女模特总觉得她的笑里藏着怪异。女模特警惕地问她："不会是你偷了我的镯子吧？"

听她这么说林雅娴一下子情绪激动起来，一把抓住女模特的胳膊，声音颤抖着：“玲玲，你是玲玲对不对？”

女模特莫名其妙，满脸狐疑：“你说什么？谁是玲玲，你没事儿吧！”口气里充满了不屑。

林雅娴放开抓着女模特胳膊的手，哆哆嗦嗦地从裤兜里摸出了镯子，递到女模特眼前。

“这是你的镯子吧？你四岁生日那天你爸爸买给你的，你从小一直都戴着……”林雅娴激动得有些语无伦次。

张建铭和老曹听到林雅娴这么说，都非常惊讶。两人对视了一下，又看向林雅娴和女模特。让张建铭感觉奇怪的是女模特并没有显示出过多的惊讶之色，而是满脸的烦躁和鄙夷。

林雅娴完全没有理会女模特的脸色，接着说道：“玲玲，你后来不小心把镯子摔碎了，是你爸找人给镶好了，你看这花纹多好看啊！”

女模特一把夺过镯子，一边向后退着，一边咬牙说道：“我没爸，我爸早死了！”

张建铭听到女模特这么说，脸上露出了若有所思的神色。老曹依然不露声色，在一旁冷眼看着。刘亚楠躲在房间的阴影里一声不吭。

林雅娴冲上前去，死死地攥住女模特的手腕，伤心地看着她，眼角泪花闪现，语气颤抖：“这些年你去哪儿了，妈妈一直在找你，一直在这儿等你。这里就要拆迁了，别人都搬走了，可我不敢走呀，我怕你回来找不到家了。”

女模特用力甩动着被林雅娴死死抓住的手腕，嘴里愤怒地喊叫着：“我根本不知道你在说什么！你放开我！你要干吗！你有病啊！”

“玲玲，玲玲啊！你这是怎么了，你为什么不认我啊！”

女模特越挣扎，林雅娴越是更紧地抓着她不放。女模特无奈，冲着刘亚楠喊：“你干吗哪！还不快点把她给我拉开！”

“放开我，放开我，你疯了吧！”女模特一边挣扎着，一边朝林雅娴喊着。

张建铭和老曹站在一旁冷眼观看着，一语不发。

“你们为什么不帮我？”女模特冲张建铭和老曹大声抱怨着。

张建铭语气温和地说：“我们正是在帮你啊。你不要激动，好好想一想，一定会想起来的。”

“你说什么？”女模特觉得张建铭的话有些莫名其妙，可是却不自觉地安静下来，放弃了挣扎。

可就在这时，刘亚楠突然像疯了似的扑了过去，抱起林雅娴的胳膊在她手腕上狠狠地咬了一口。林雅娴的手腕上顿时被咬出了两排深深的牙印，隐隐地似有血要渗出来。林雅娴万万没想到会是这样，一时没反应过来，松开了抓着女模特的手，呆立在原地，麻木地看着自己的手上的血一点一点从牙印上渗出来。

大家都被刘亚楠的举动惊呆了，纷纷看向她。刘亚楠缓缓向后退去，像个幽灵一样又悄无声息地躲进了房间的阴影里。

女模特有些怔愣，这个刘亚楠也疯了吗？她一脸茫然，脑子里又开始了不停歇的嗡鸣声。她只觉得眼前一黑，仿佛置身于一片无际的林海，整个人像一片树叶一般飘了起来。

10

夕阳西斜，原本碧蓝的晴空被晕染成凄惨的血红色。血红的残阳很快就掉到地平线下，隐没在戈壁荒漠的下面，天就这样黑了下来。

房间内，刘亚楠坐在桌前画着插画，画面上已经勾勒出一个酷似女模特的女人正和酷似张建铭和老曹的两个人争吵着。她全神贯注，聚精会神地画着，全然没有理会身后发生的事情。

女模特此时正在自己房间里收拾行李，门外传来敲门声。她停下手上的动作，看了看刘亚楠，见她像是完全没有听到一样，便只得自己走过去打开房门，门外站着的是张建铭和老曹。

女模特见是他俩，没说话，丢下他俩回身继续整理衣物。

“哎，你这是要干吗，不干了吗？”张建铭不解地问。

女模特看也不看他，低头往自己的箱子里放着衣服、化妆品，嘴里嘟囔着：“这活没法干。这是个什么鬼地方啊！那个矿洞里根本不通风，差点儿没把我憋死。回来旅馆又被那个疯女人缠着，非说我是她十几年前丢了的女儿！还有那个老枪，鬼鬼祟祟的，不知道憋什么坏呢！”

张建铭听到一脸狐疑：“老枪？谁是老枪？”

女模特满不在乎地随口答道：“不就是昨天那个卡车司机嘛！”说着白了他一眼，继续整理着行李。

张建铭走过来一脸真诚的样子，说道：“你别着急，走也不能解决问题。你说说到底发生什么事了？”

女模特停下来，转身看着张建铭，不耐烦地说：“干吗总问我呀，你们不是也在场吗？难道你们没看见？”

张建铭又问：“你说你看见有人藏在矿洞里了，真是这样吗？”

女模特把手上的衣服往箱子里一摔，没好气地说：“废话！我有必要瞎编吗？”

老曹插嘴问：“你看见几个人？”

“三个！老枪、二宝，还有耗子，他们一直在后面追我。”

张建铭听了若有所思，不易察觉地皱了皱眉头。他沉静地看着女模特，又问：“这么说你认识他们？”

女模特愣了一下，忙说：“我怎么会认识他们！”

张建铭不动声色，又问：“你说他们追杀你，为什么？”

“我哪儿知道！”女模特没好气地把一件衣服摔进箱子。

张建铭沉默了一会儿，又说道：“你再想想，是不是你产生幻觉了，矿洞那种密闭的环境里，很容易引起心理和生理上的排斥反应。”

老曹也在旁边插嘴说：“是呀，我们几个怎么什么都没有看到，你再好好回忆一下。”

女模特不回答，心里暗想：别想套我的话，我才不上你们的当呢！

张建铭见女模特不说话，便换了个话题：“知道我们为什么找你吗？”

女模特停下了手里的动作，好奇地看向他，一双美丽的杏眼期待着答案。

“你和我太太同年同月同日同时辰出生的。”

“那和我有什么关系？”女模特冷冷地说，心里有股说不出的酸酸的感觉。

张建铭语气沉痛，缓缓说道：“她出车祸了，现在还没脱离危险，她还怀着孩子呢。”

女模特动了恻隐之心，脸上的冷漠之色渐渐退去。

张建铭继续说：“这个镯子是她从一个叫耗子的人手里买的，我找大师看了，说这个镯子有问题，应该是从别人墓地里挖出来的，不干净！只有你亲手把镯子送回墓地里，我太太和孩子才能平安。求你帮我一个忙，要多少钱都给你！”

原来是这样，怪不得他们非要找什么墓地！女模特有些被打动了，表面上虽看不出来，但她往行李箱里装衣服的速度明显慢了下来。

“耗子说墓地就在那条矿道里面，可耗子现在联系不上了。现在只有林老师能找到那个地方，她对矿洞里很熟，你能不能去求求她。”张建铭说完两眼一直看着女模特。

女模特咬了咬牙，说：“我明天得走了，不能留在这里。”

老曹这时拿出一个文件袋扔到女模特面前。

“你走吧，那样你以前的这些事儿可就瞒不住了！”老曹威胁着。

这话似乎戳中了女模特的软肋，她呆住了。愣了一会儿，她抓起镯子，转身走出房间。

看着女模特消失在门外的身影，老曹小声地问张建铭：“你不觉得奇怪吗，她怎么知道咱们昨天遇到的那个卡车司机叫老枪？二宝又是谁？”

张建铭满眼疑惑地答非所问：“难道她真是林老师的女儿？为什么林老师说这个镯子是她女儿的？”

11

女模特来到林雅娴的门外站定，深吸了口气，举起手在门上轻轻敲了敲门。见没人应，便推了一下门，门居然开了，她左右看了看便走了进去。房间里空无一人。

女模特仔细打量着房间，房间收拾很干净，布置也很简单，家具和陈设看起来都有些年头了。靠窗放了一张写字台，桌子上方的墙上挂了好多照片，女模特忽然觉得眼前的景象似曾相识，可一时又想不起在哪里见过。她暂时放下这个念头，走过去仔细看起照片来。

墙上的照片相当一部分都是林雅娴和学生在一起的照片，有好几届班级毕业时的集体合影，还有一些历年学校运动会的照片。从照片上学生的年龄看，林雅娴以前应该是个教初中的老师。照片上林雅娴年轻大方，成熟漂亮，如果不是挂在她的房间里，很难把照片上的她与现在这个瘦弱脱发、成天佝偻腰的老女人联想到一起。

还有一些是她女儿的照片，从出生到幼儿园，到上小学、中学，几乎每年都有几张。看着这些照片，女模特心中不由得充满了羡慕。

咦，为什么女孩儿十几岁之后便再也没有照片了？女模特觉得有点儿奇怪，一时有些想不明白。她开始环顾四周，想看看是不是挂在别处。

女模特环视着房间，除了这扇墙上的照片，整个房间再也没有任何其他装饰。她在屋子里站了一会儿，觉得无聊，便随手拿起桌上的一个相框看。相框里是林雅娴年轻时和女儿的合影。照片的右上角印着“生日快乐，玲玲四岁生日留念”。

照片上，林雅娴站在一个花坛边，背景是盛开的杜鹃花。玲玲大概四岁左右，被妈妈抱在怀里，两只小手搂着妈妈的脖子，前面的一只手臂上戴着一个大大的翡翠镯子。

女模特看到这里，突然觉得心被重重地敲了一下。一种熟悉又陌生的感觉涌上心头，她一时看得有些出神了，林雅娴推门进来她竟然没有察觉。

林雅娴完全没有想到会在自己的房间里再次见到女模特，愣了一下，一时不知该做些什么。见女模特手里拿着相框出神，便故意把手中的水盆重重地放下，咣当一声，女模特吓了一跳。

林雅娴掩藏起内心的喜悦，嘴上冷冷地说道：“你还知道回来啊！”

看到是林雅娴进来，女模特定了定神，心中暗暗运了运气，走到林雅娴面前，拉住林雅娴的手，轻轻叫了一声：“妈……”林雅娴像是瞬间被电击中，身体微微晃了一下。

“我这不是回来看看你和我爸嘛。”女模特说话的时候故意摸着手腕上的镯子。

林雅娴沉着脸，语气幽怨地说：“他不是你爸，你爸早死了。”

女模特有些蒙，一时想不明白她为什么这么说。她眼珠转了几转，指着门外斜对面的房间问："那、那个躺在那儿的男人是谁？"

"这你都忘了？你不是最恨他了嘛！他遭了报应了，十几年了，死，死不成，活，活不了！这下你如愿了吧！"林雅娴悲愤地说。

女模特被她搞得更糊涂了，不知该说什么，只好沉默不语。

林雅娴却在这时突然悲悲戚戚地哭了起来，泪水从她原本枯竭的双眼中如泉水般汩汩冒了出来，顺着她皱纹密布的面颊流淌下来。每一道皱纹像干涸土地上的裂纹，贪婪地吸吮着她的泪水。

女模特看着她脸上那道道清晰深刻的皱纹，似乎都在诉说着她饱经风霜后无奈的哀伤。女模特动了恻隐之心，她体贴地扶着林雅娴在床边坐下，自己则半跪着伏在她腿上。

林雅娴神情呆滞地坐在床边，目光涣散地望着窗外，嘴里念念叨叨着："是我害了她，是我害了她……"

女模特再一次感觉到眼前的场景无比熟悉，每一个细节都好像曾经亲身经历过。她正奇怪，这种感觉便倏地一下消失了。她发现最近自己经常会捕捉到一些似有似无的记忆，但这些记忆像是与她在捉迷藏一般，总是在她还没完全意识到的时候又逃走了。这让女模特感觉很矛盾，每次她想抓住这些记忆，把它们扒开看个究竟的时候，心底似乎又有一种无形的力量怂恿自己避开。当她正在懊恼没能抓住这个记忆的时候，心底又有一个声音在庆幸这种错失。

女模特抬起头看着林雅娴，她这种神志不清的模样让女模特脑子似乎清醒了些。她又想起了自己来找林雅娴的目的，于是心里开始琢磨着如何才能引到让林雅娴带他们进矿洞的话题。

林雅娴此时嘴里还是念念叨叨着："我是丧门星，我才应该遭报应……我是丧门星，我才应该遭报应……"

"妈，你干吗这么说啊，你害了谁啊？"女模特有些于心不忍。

"我女儿，她叫玲玲。"林雅娴喃喃着。

“她现在在哪儿？”

“十几年前在矿洞里走丢了。”

“没找到吗？”

“这些年我一直在找，有空就到矿洞里找。”

“一直找？那矿洞里应该找遍了吧？那、那你对矿洞应该很熟悉了吧？”

林雅娴低头看了看女模特，伸出粗糙布满了老茧的手，抚摩着女模特的头，嘴角露出一丝怪笑，有些嗔怪地说：“傻丫头，你这不是就在我眼前吗，还问这种傻话。”

女模特感觉到林雅娴的手如寒冰，从头上抚过，丝丝寒意顺着头皮直浸心底，她不禁打了个冷战。她假意站起身，躲避着林雅娴的手。

“妈，你能带我进矿洞看看吗？我想知道你都去哪儿找过我。”

12

夜色笼罩着一切，四下寂静无声。

起风了，戈壁旷野里的风就像刀剑，所过之处在裸露的岩石上划下道道痕迹。顷刻间便狂风肆虐，飞沙走石。在旅馆前不远的一处小山包上静静地停着一辆卡车。

被黑暗笼罩的卡车驾驶室里，一个小光点正在一闪一灭。狂风夹杂着野猫的惨叫声一阵紧过一阵地扑向卡车。黑暗中老枪正坐在车里抽着烟，远远地监视着小旅馆的动静。旅馆周围黑黢黢的，只有一个窗口还亮着灯。老枪一动不动盯着亮灯的窗口，眼中露出阴冷的寒光。

女模特见林雅娴又不说话了，她便四下胡乱看着，脑子里盘算着找个什么话茬儿把林雅娴引到带他们进矿洞的话题上去。她扭头看了看窗外，外面昏天黑地，飞沙走石，女模特立刻心乱如麻。

她正要回过头来再去看林雅娴，恍然间发现刘亚楠不知什么时候进来了，此刻正伏在窗前的桌子上又在心情激动地用力画着，画笔在画纸上发出唰唰唰的声音。

女模特越发烦躁起来，冲着刘亚楠没好气地抱怨着："你能不能别画了，我正跟我妈谈心呢，你不要来捣乱行不行啊！"见刘亚楠像是完全没有听到，依然埋头在画稿中，她又补了一句，"整天画烦不烦啊！"

谁知刘亚楠竟站起身，向女模特走来，把手中的画递给她看。画面上是一个十四五岁的女孩儿，身着一件碎花连衣裙。女模特看得出了神，恍惚觉得画面上的女孩儿的裙子随着窗外的狂风飘动起来……

玲玲穿着一身碎花连衣裙，脚上一双白色帆布鞋，头发胡乱地一把抓起束在头顶。她背着一个式样普通的双肩背包，和两个女同学有说有笑地走在放学回家的路上。

午后的矿区热气腾腾。天蓝得像一片望不到边的海洋，太阳尽情地把热量洒向大地。空气中每一个缝隙都渗透着炙烤般的温度，云彩都躲起来了，风也懒得吹了，人就更不见了踪影。

玲玲和两个女孩儿经过一处厂房时，突然从阴影里冒出三个十五六岁的大男孩儿，一脸坏笑地拦住了她们。为首的那个看起来高大壮实。他左边的那个黑黑胖胖的，右边的尖嘴猴腮。

为首的男孩面色阴冷，目光凶狠，指使着黑胖和尖嘴男孩说："二宝、耗子，你们去问问她们交过路费了吗？"

于是二宝和耗子逼迫玲玲和两个女孩儿交出钱来，女孩子们当然不干，二宝和耗子便在她们身上搜摸起来。

女孩子们先是躲避着，继而奋力反抗。二宝和耗子见女孩子们躲更来劲了，更加肆无忌惮地在女孩子们身上乱摸，几个人扭打在一起。

玲玲用力推开二宝，冲老枪大声呵斥着："老枪，你让他们住手，不然我告诉老师去！"

"哟嗬！厉害了啊！"老枪手里晃动着一把折刀，面目狰狞，向玲玲走来。走到玲玲面前，举着刀在玲玲眼前来回晃着。他突然一把揪起玲玲的衣服，把她拉到阳光正晒的空地上，又命令二宝和耗子把另外两个女孩儿也揪了过来，然后把刀交给二宝："看着她们，"老枪恶狠狠地说，"如果不交钱谁也不准动，就在这里晒出油为止。"说完自己躲到阴凉处点上了一支烟。

午后正是毒日当头，空气干燥得恨不得划根火柴就能点燃。不一会儿，玲玲就觉得浑身皮肤火辣辣的，像被灼伤了一样。

老枪让耗子去换回二宝，继续看着女孩儿在烈日下暴晒。玲玲不停地用两手上下搓摸着双臂，似乎用这样的方法可以减轻灼热感。其中一个女孩儿这时候忍受不了，开始抽泣起来。

"哭什么哭！再哭老子打死你信不信？"老枪把烟头摔在地上凶巴巴地说。

女孩儿还是继续抽泣着。老枪火了，起身走过去命令玲玲去打这个女孩儿的嘴巴。玲玲不肯，小声嘟囔着："有本事你自己打。"

老枪有点恼羞成怒："你敢污辱老子！老子虽然从来不打女人！但我也劝你不要试探老子的底线！"他说着一把把玲玲揪到女孩儿面前，逼她抽哭泣女孩儿的嘴巴。

玲玲还是不肯，老枪用手中的折刀在她眼前晃了晃，凶神恶煞般地盯着玲玲。玲玲害怕了，不敢再违抗，只得抬手轻轻打了一下。见玲玲没有用力打，老枪又逼迫另一个女孩儿去打玲玲。

"给我使劲打！"老枪咆哮着。

三个女孩儿一边哭着一边相互打着，老枪他们几个在一旁坏笑。

林雅娴下班路过，看到玲玲竟然在抽打一个女孩儿的脸，立刻怒火中烧，冲上前不由分说抡起巴掌狠狠地抽在玲玲脸上……

13

“啪！”女模特被脸上狠狠的一巴掌打得惊醒过来。她一屁股坐在地上，用手捂着被打得热辣辣的脸，惊讶地看着林雅娴。林雅娴此时正坐在她面前，眉毛蹙起，怒目圆睁，两只眼睛如幽潭般深不见底，刚刚扇了她一巴掌的那只手还在不停地颤抖着。

林雅娴咬牙切齿地说：“撒谎！你根本就不是我女儿！臭婊子！”

女模特哪儿受过这样的屈辱，被打了一巴掌不说，还被骂。于是一股怒火涌了上来，张口骂道：“你他妈疯啦！”可是刚一说完，她又后悔了。她意识到自己这样的表现不对头，于是脑子飞快地想着应该如何挽回。

没想到林雅娴并没有被激怒，而是冷冷地、一字一顿地说：“我看疯了的人是你吧！”

女模特被她说得一愣，突然觉得心里像是被什么敲了一下。她定了定情绪，大眼睛转了转，抑制住正要发作的脾气，亲热地拉起林雅娴的手，继续装腔作势：“妈，你是不是气糊涂了，怎么连我都不认识了呢。”

林雅娴冷眼瞥了她一眼，喉咙里哼了一声：“哼，你少来这套！你怎么可能是我女儿，我还不知道我女儿什么样？！”说完便又恢复了她的常态，坐在床边对着窗外发起呆来。

女模特看着她心里暗骂她不识抬举，但表面上依旧是一副甜美的笑脸。她努力压住心头的火气，对林雅娴撒起娇来：“妈，你看你，打也打了，骂也骂了，咱们该说说正事了吧？”

林雅娴这时把视线缓缓移到女模特脸上，目光似乎缓和了许多，女模特立刻用期待的目光迎向她。

谁知林雅娴停了片刻，突然咬着牙，一字一句地说：“我女儿长得根本就不是你这个样子，你别以为你换了张脸我就不认识你，我看你就不像个好东西！”

女模特忍不住怒形于色，她站起身，脸一变，恶狠狠地说：“对！我确实不是你女儿。我告诉你吧，你女儿早已经死了，就埋在矿洞里！”女模特故意用狠话刺激她。

林雅娴确实被她的话震惊了，她先是脸色涨红，继而渐渐发青，接着神情狂乱，呼吸急促，浑身颤抖。她目光突然变得异常犀利，恶狠狠地盯着女模特，像是要把她的脸看穿。

猛地，她从床边站了起来，话从牙缝里挤出：“死、死了？你到底是谁？你说，你为什么会有玲玲的镯子？”

看着林雅娴的样子，女模特不由得后退几步，她突然感到无比的恐惧。心想林雅娴一定是以为自己害死了玲玲，抢走了镯子。于是信口胡言乱语地搪塞：“镯子是我从耗子那儿买的！”

林雅娴痴痴地呆立在那里，表情麻木，好像对眼前的女模特视而不见。过了片刻，她似乎缓过来一些，喃喃自语道：“她就是想让我们活受罪，想让我生不如死！”说着两行老泪簌簌而下。

女模特站在那里一时不知所措，她突然觉得悲从心起，如鲠在喉。她想哭，却发现自己完全哭不出来。她用尽全身的力气大叫，终于感觉到一股气冲破喉咙，她一下子叫了出来：“啊——”

女模特一身大汗地醒来，她发现自己正头蒙在被子里发泄般地大叫着。她意识到自己一定是做了噩梦，她努力回想着刚才梦里的情景，却发觉那些梦境非常模糊。

她躺在床上急促地喘息着，久久不能平静。她闭上眼睛逼迫自己入睡，脑子里却乱作一团麻。她越想厘清思路，却越想越乱。窗外的狂风发出一阵阵阴森的哀号，让本已睡意全无的她更加睡不着了。

女模特身体僵硬地仰面躺在床上，眼睛直勾勾地盯着天花板，听着窗外的风一阵紧似一阵地刮着，被风带起来的沙石不时地打到窗户上，发出沙沙沙的乱响。风声逐渐变成了蝉鸣般的声音，在她的耳朵里一直响个不停，她用手拼命捂住耳朵，却发现这嗡鸣声原来来自自己的耳朵，怎么也挥不去，赶不走。

她彻底失眠了。

刮了一夜的风不知什么时候停了。窗外天色微明。女模特在睡梦中迷迷糊糊感觉有人在轻轻推着自己："杏雨姐，杏雨姐！该起床了。"她心中困惑，"这是在叫谁起床呢？"她翻了个身，继续睡去。

不知过了多久，那个声音再次响起："杏雨姐，杏雨姐！"

女模特蒙蒙眬眬中听出这回是刘亚楠的声音，她睁开眼，却发现房间里空空如也，刘亚楠早已不见踪影。

第四章　梦幻经历

1

清晨，朝霞已经洒满整个矿野，灰黄的戈壁此时铺满了一片金黄，一切的一切都是清新的，令人心旷神怡。

女模特却阴沉着脸拖着自己的行李箱从旅馆里走出来，看到已经在等候的众人，她招呼也不打，径直走到吉普车前，拉开车门把行李放了上去。

张建铭默默地看了看她，想了一下走上前去，冷静地对女模特说：“逃避永远都不是解决问题的方法。”

女模特看都没看他，背对着他翻了一下眼反唇相讥：“又不是我的问题！”

张建铭没有理会她的态度，依然语气平和但非常坚定地继续说道：“自己的问题必须自己想办法解决，也只能你自己才能解决。”

女模特面无表情，但心里略微动了一下，嘴上仍不服气：“这怎么倒成我的问题了？”停了一下，她又用不容商量的口吻说，“好，我声明，这是我最后一次听你们的，今天以后再也别想找我，我不会再去了！”说完她一屁股坐上吉普车。

刘亚楠有些不知所措，呆立着没动。

“发什么呆呢，还不快点上车！”女模特冲她吼着。刘亚楠哦了一声，慌忙上了吉普车。

不等张建铭做出任何反应，女模特一脚油门踩到底，轰的一声绝尘而去。张建铭并没有生气，赶紧招呼老曹上车，皮卡紧跟着追随而去。

女模特似乎把所有怨气都发泄在油门上，一路疾驰。刘亚楠坐在她旁边心情焦虑，默默地把安全带扣上，手里紧紧抱着她的画夹。

女模特从反光镜向后看去，车轮卷起的尘土中，皮卡紧紧追赶。看着反光镜中越来越远去的旅馆，女模特的心绪变得越来越复杂。她心中虽然恨意难平，却不知从心底哪个角落里冒出一丝不舍。

很快两辆车便一前一后来到了山坡下。下了车，一行人默默来到矿洞口。张建铭和老曹向里张望，里面依旧漆黑一片。

女模特这时从后面走了过来，像是完全没有了之前对矿洞的恐惧，她没有理会张建铭和老曹，一句话不说径直从他们身边走过，直接进了矿洞。

张建铭看着女模特的背影，感受到她强烈的倔强。他嘴角不由露出一丝欣喜之色。老曹和刘亚楠此时也亦步亦趋地跟了进去。

一行人全都默不作声地跟在女模特身后，沿着铺设在矿道里的铁轨默默地走着。矿洞异常安静，喘气声和脚踩到碎石烂木的声音在静谧阴森的矿洞里被无限放大，顿时感觉四下弥漫着紧张的气氛。

突然，远远的在矿道深处，有一束矿灯的光亮在晃动。女模特停下脚步，神情紧张地盯着前方。灯光越来越近，渐渐地看清有一个人影随着灯光向他们走来。强光矿灯照射在众人脸上，刺得人睁不开眼，大家不由自主地用手遮挡着强光。

等来人走到面前，众人看清原来是林雅娴，这才都松了口气。女模特见林雅娴居然自己来了，心里一下子轻松了许多。

林雅娴没多啰唆，直接问道："那地方在哪儿？"

老曹上前一步答话道："我们去过一次那里，那个矿道里没有铁轨，还堆着好多塑料桶，像是仓库……"话音未落，林雅娴已经转身走去。张建铭赶紧招呼大家跟上。

林雅娴带着他们在斜岔矿道里兜转了几次来到一个岔道口。她站住，用强光矿灯四处照了照，又想了想，便决定向一条斜岔的矿道走去。不久便在一处乱石砌成墙的地方停了下来。

张建铭举起矿灯照着，他看到乱石堆旁边堆放一些装着化学液体的塑料桶，看样子这些桶都是空的。顺着这些塑料桶向上面的矿壁照去，赫然看到上面刻画着一些符号，与镯子上镶嵌的银制花纹一模一样！他立刻判断出这里就是耗子说的地方，女模特也是在这里晕倒的。

老曹看到这里的情形，也认了出来，于是向林雅娴询问："耗子说这里原来有条矿道，能通到墓地，但看起来似乎被这些石头堵住了，还有其他的入口吗？"

"这里肯定有通道！昨天耗子就是在这里突然失踪的！"张建铭肯定地说道。

女模特见已经找到了他们要找的地方，而且前面的路又被乱石堵住了，便萌生退意。她冷冷地对着张建铭说："好了，既然你们已经找到了这里，我也该走了。咱们算是两清了！"

没等张建铭说话，林雅娴突然疯了一样，一下子扑了过来。

2

林雅娴几乎是一种近乎狂躁的状态扑到乱石墙前，徒手奋力扒着乱石。没几下手指就被石头划破，血从指甲里渗出，然而她像没感觉一样全然不顾。

本来已经转身欲离开的女模特有些看不下去了，她过去把林雅娴拉住，嘴里嗔怪着："你疯了，用手怎么能挖得开？"语气中透着那么点心疼。

老曹这时走过来用拳头敲打了几下乱石墙，感觉似乎有松动，于是他侧过身，横抬起腿在上面用力蹬踹了几下，乱石墙上只落下来一些碎石和尘土，碎石落下的地方，隐约露出一道缝隙。

老曹用手扒了扒，缝隙又扩大了一些。张建铭推开老曹，趴在裂缝处向里面看了又看，里面除了黑暗，什么也看不到。老曹开始在四周检查起来，他把一些碍事的空桶踢到一边，然后举着矿灯对着乱石墙上上下下查看。

张建铭不动声色地观察着他们。这时林雅娴任性地甩开女模特的手，直奔那些化学塑料桶跟前。她把每个桶逐个晃动，发现有几个桶里还残存着不少化学制剂，她便把那几个搬过来，堆到乱石堆前。大家谁也想不明白她到底要干什么，便都呆呆地看着她从一个一个桶里把化学液体往裂缝里倒。这些液体倒在地上便四下流淌开来。一股刺鼻的味道立刻在矿道里弥散开来，女模特马上捂住嘴。

“你要干吗？这些东西有毒吧？”她似乎看出林雅娴的想法，想要阻止她。林雅娴把女模特推开，她扒着缝隙向里看了看，然后从口袋里掏出一盒火柴，没等众人反应过来，林雅娴已经把划着的火柴，扔到了裂缝处地上的化学液体上。所有人这才顿时醒过味儿来，纷纷抱头四下窜开，寻找着躲藏的角落。

地上的化学制剂迅速燃烧起来，火焰上蹿下跳地眨眼间就蔓延到其他几个堆在乱石堆前的塑料桶前。火苗沿着地上的化学液体围攻着塑料桶。地上的液体并不是很多，所以火苗的攻势看起来并不是很猛烈，不一会儿火苗就暗淡下去。可就在火苗要熄灭的瞬间，轰的一声，淡蓝色的小火苗突然蹿起变成一个大火球，紧接着一股炽热的气浪猛地扑向众人，随后碎石乱飞，天摇地动。尘土夹杂着碎石不停地一阵阵扑落下来，烟尘混合着强烈刺鼻的化学气味弥漫在空间狭小的矿洞里，经久不散，随即而来的是死一般的沉寂。

良久，随着烟尘渐渐散去，崩塌后的矿道里一片狼藉，仍有余火在燃烧，乱石堆前显露出一个约半人高的缺口，露出后面黑洞洞的矿道。

躲藏在矿洞各个角落里的几个人这时纷纷捂着口鼻从藏身处探出头。他们个个满身满脸的灰尘，蓬头垢面。

林雅娴第一个冲到被炸开的缺口处，用强光矿灯往里照了照，就从缺口处弯腰钻了进去。张建铭见林雅娴钻进了缺口，忙拍打抖落着身上头发上的灰土走上前来查看，同时示意老曹快点儿跟进去。老曹一边不断呸呸吐着口里的沙土，一边费力地从缺口爬了进去。

张建铭又招呼女模特和刘亚楠："别愣着了，赶紧过去。"刘亚楠哦了一声便笨拙地爬了进去。

女模特有些神情恍惚，灰头土脸地坐在地上发呆。张建铭过去拉起女模特，帮着她也钻进了缺口后面的矿洞。

进来之后，女模特感到眼前死黑一片，矿洞里充斥着暗晦的味道，寂静阴森。先前进来的林雅娴、老曹和刘亚楠早已不见了踪影。

女模特掉头就想往回跑，被后面的张建铭拦住："都已经走到这一步了，就只需要再多做一点儿努力，你想知道的事情就会展现在你眼前。不要放弃，加油！"张建铭语气坚定地安慰着她。女模特觉得张建铭的话有些莫名其妙，听起来似懂非懂。她仍想挣脱他往回走，却被张建铭硬推着只得向前走去。

这条矿道比之前的那条要狭窄很多，而且阴冷潮湿。走着走着，女模特突然觉得脚下的地面竟然有了积水。再走不远，地上积水竟然渐渐没过了脚背。有张建铭在后面督着，女模特只得步履蹒跚地蹚着水继续向前。

脚下稀里哗啦的蹚水声让女模特心烦不已。这种哗啦哗啦的声音似乎越来越响，女模特已经逐渐辨别不出到底是脚步声还是水声，她机械地向前走着。不知不觉中那种乱糟糟的哗啦哗啦声变得莫名其妙地协调起来，变成统一的有节奏的哗—哗—哗。听久了这种哗哗声又变成了单一的持续不断的嗡鸣声，于是她便感觉眼前的灯光开始朦胧，前面的人影也渐渐模糊起来。

3

玲玲独自走在黑漆漆的矿洞里，她觉得前后左右好像有无数双眼睛在盯着她看，让她不敢停留，更不敢凝视黑暗。于是她干脆闭上眼睛摸黑前行。她感觉后背一阵阵往上蹿着凉气，似乎全身的毛孔都张开着，阴气顺着毛孔长驱直入钻进体内，让她觉得阴寒无比。她大气不敢出，心怦怦乱跳，头皮一阵阵发麻。

走着走着，玲玲突然觉得脚下的地面发生了变化，本来坚硬的碎石地面似乎开始变得有些泥泞。她蹲下去，用手摸了摸，湿乎乎的。她把手放到鼻下闻了闻，一股阴湿发霉的味道。

再往前走了一段，突然一滴水从头顶滴落在玲玲头上，她本能地抬头望去，又一滴水正巧滴落在她脸上。水滴越来越多，似下雨一般。雨水不停地打在她的脸上，身上很快就被淋得湿透了。玲玲有些想不明白，分明是在洞里，可为什么洞里还会下雨呢？她顾不得太多，加快脚步踩着地面的积水往矿洞深处走去。

突然一道耀眼的闪电光把矿洞一下子照得通亮通亮的，出现在玲玲眼前的情景让她惊讶地张大了嘴巴。前方不远处的积水里竟浸泡着一具小棺材！

闪电过后，黑暗瞬间又把一切吞噬，矿洞再次陷入更加浓重的黑暗。玲玲全身紧缩着正不知如何是好。突然，一声震耳欲聋的声音在矿洞炸响，紧接着矿洞震动起来。随着爆炸声带来的火光，玲玲隐隐看到前方的矿洞开始坍塌，小棺材被坠落的碎石砸得翻了个儿。棺材盖子被砸开了，从里面掉出一具蜷缩着的胎儿尸体。

玲玲吓得惊声尖叫起来。

女模特歇斯底里地嘶叫着，抱着头蜷缩在地上。刚才那一声爆炸声是之前林雅娴炸开的矿道口燃烧的余火又引燃了一个塑料桶里残留的化学液体而导致的。这次爆炸比之前那次强烈许多，震得人感觉心脏都要从嘴里蹦出来了一样。

女模特说什么也不肯再往前走了，嘴里含混不清地念叨着："小棺材……胎儿……尸体……不不不、不能再往前走了……"

没人能听明白女模特到底在说什么，都觉得百思不得其解。

这时刘亚楠突然在黑暗中手往前一指："你们看！"

林雅娴举起强光矿灯向矿洞深处照去，在惨白的光束下，众人赫然看到一具不大的小棺材阴森森地浸泡在不远处的积水里。

张建铭回头用犀利的目光盯着女模特，眼神中露出疑问之色。女模特神情紧张，她低下头躲避着张建铭的咄咄逼人的目光。看到小棺材，每个人都害怕起来。

唯有林雅娴大着胆子，慢慢向棺材挪去，刘亚楠抑制不住好奇心，也跟了过去想看个究竟。女模特躲在黑暗中，她脸上的表情似乎有话要说，身体似乎也不由自主地往前探去。她这种欲言又止欲罢不能的表现全被张建铭用眼睛的余光尽收眼底。

小棺材似乎是被爆炸震落的碎石头砸到，斜侧着翻倒了。棺材的盖子已经裂开一道缝，像龇牙咧嘴面目狰狞的怪物。林雅娴慢慢走到棺材近前，准备用手打开棺材盖子。随着她的手伸向棺材盖，众人都睁大了双眼，心怦怦乱跳。女模特更是惶恐不安，大气不敢出。

就在林雅娴的手马上就要把棺材盖掀开的那一刻，张建铭突然大叫一声："等一下！"

众人齐刷刷地望向他。他转身对身边的女模特低声说：“我觉得应该由你来打开。”语气中流露出一种不容商量的坚定。

女模特万万没想到会是这样，不由得向后退了两步，嘴里念叨着：“为什么要这样？”

张建铭沉静地凝视着女模特，意味深长地说道：“不打开又如何知道里面到底有什么？解铃仍须系铃人啊。”说完把女模特向前推了一把。女模特无奈，只得咬了咬牙，猛地掀开棺材盖，里面露出一个像是在母亲子宫里一样蜷缩着的胎儿尸体。

“啊——”女模特惨叫一声，转身就跑。没等张建铭反应过来，刘亚楠已经紧追了过去。

林雅娴这时如释重负，突然大声惨笑了起来：“哈哈哈……”笑声有些阴森可怖，“这不是玲玲，根本不是玲玲！我早就知道不可能是她。”

“那这是谁？”张建铭不解地问。

“这你得去问她！”林雅娴指着女模特跑去的方向，咬牙切齿地说。

4

女模特失魂落魄地闯进一条矿道，手里的矿灯灯光已经非常微弱。此时的她似乎有些神志不清，迷迷糊糊东磕西碰地跑着。

刘亚楠一直在后面紧追不放，她一边追赶一边用力喊着：“杏雨姐，别跑了！杏雨姐……”

听到她这样喊，女模特似乎一下子清醒了。她突然站住，回头质问刘亚楠：“你刚才叫我什么？”

“没、没有啊……”刘亚楠气喘吁吁地追到跟前，上气不接下气地答道。

“今天早上你也是这样叫我的吧？”女模特冷冷地追问着。

刘亚楠面无表情地看着她，小心谨慎地低声说：“你、你就是杏雨姐啊。”

女模特突然一把揪住刘亚楠的衣领，用矿灯照着刘亚楠的脸，继续逼问：“说！你到底是谁，你们都是什么人，到底要干吗？”

灯光把刘亚楠晃得一下子睁不开眼，她一边挣扎躲闪着一边劝着她：“你、你别误会啊，其实、其实这都是为你好！”

“为我好？哼！”女模特恨恨地松开刘亚楠，突然看到她怀里抱着的画夹，猛然一把抢了过来，“这是什么？你整天带着它干吗？”说着便翻检起来。

女模特一看，眉毛就像是拧成了一个疙瘩。这些画竟然都是这些天他们的经历，第一张是一辆吉普车行驶在戈壁荒漠；下面一张是沿着山坡上层层叠叠的荒废矿区建筑；然后是林雅娴、老枪、二宝和耗子等人的素描特写。

“这都是你画的？你画这些干什么？”女模特不等刘亚楠回答又接着一张一张地翻看，脸上表情越来越困惑。

她抬眼瞄了一下刘亚楠，嘴里自言自语着：“你怎么知道这么多事呢？”

再翻看下去，竟然看到杜金明性侵玲玲的那一幕。女模特杏眼圆睁，心中充满狐疑地看向刘亚楠，嘴里喃喃着：“原来真的是你在画，我还以为我是在做梦呢！你怎么知道这些的？你为什么要画这些？”

刘亚楠不吭声，只是平静地看着她。女模特继续往后翻看，后面是一张六格插画，上面画的竟然是一系列车祸的场面：一个女人驾车在山路几乎被迎面驶来的轿车撞到；女人的车撞到路边的山体上弹回来又被后面驶来的大卡车撞飞；车倒扣在路上然后发生了爆炸。女模特惊讶地发现最后一格画面里驾车的女人倒卧在车祸现场，手腕上戴着的镯子竟与自己手腕上的一模一样。

不得不承认刘亚楠的画技相当不错，简单的几笔线条就把整个车祸发生的过程勾勒得栩栩如生，让女模特有种身临其境的感觉。而让女模特更加惊诧不已的是，这个出车祸的女人竟然和自己长得完全一样！

女模特惊得目瞪口呆，简直不敢相信自己的眼睛。她又把这些画来回翻看了好几遍，越看越确定上面画的女人就是自己。百思不得其解的当口，一股莫名的寒意突然由心底升腾而起。

她本能地向后退了两步，惊恐地看着刘亚楠，声音有些颤抖地问道："你你你、你到底是谁？这、这都是怎么回事？这个女人又是谁？"

刘亚楠没有回答，脸上依旧波澜不惊。

"这个女人到底是谁？你说呀！"女模特声嘶力竭起来。

"她、她说她叫吴杏雨，她是……她是……那个……哦，她出了车祸……"刘亚楠结结巴巴地，刻意回避着女模特的眼光。

女模特大惑不解，她仔细盯着刘亚楠，想从她的表情中看出些端倪，却发现刘亚楠脸上突然浮现出异常惊恐的表情，目光落在自己身后方。

女模特感觉诧异，顺着她的目光向后看去，发现老枪和二宝手里举着火把不知什么时候已经来到她身后，正目光凶狠地看着自己。火光忽明忽暗，映在两个人脸上，表情阴晴不定。

女模特愣了不到一秒钟，便猛地把矿灯砸向老枪，转身便跑。老枪用胳膊挡开砸向他的矿灯，同时向前一蹿，一把捉住女模特。二宝也同时扑向吓得惊声尖叫缩在一旁瑟瑟发抖的刘亚楠。

制服了女模特和刘亚楠，老枪冲二宝递了个眼神。女模特护着画夹和刘亚楠一起坐在地上。刘亚楠紧紧地抱着她，全身颤抖个不停。

二宝走上前，一把抢过女模特手中的画夹递给老枪。老枪接过画夹，不动声色地翻看起来。

首先映入眼帘的是一张画着两个女人的画面。其中一个一眼就可以看出正是眼前这个女模特，旁边画着一个身穿碎花连衣裙的妙龄少女，二人之间用铅笔淡淡地画着一个等号，同时在女孩儿旁边标注着“玲玲”。

看到这里，老枪抬起头，眯起眼目光阴险地在女模特脸上扫来扫去，然后从牙缝里恶狠狠地挤出几个字：“真他妈是你啊！”

5

女模特扭动着身体，挣扎着想站起来，却被二宝按住：“别乱动！”二宝面露凶相。

女模特只得嘴里大声喊着：“你放开我，你们认错人了，放开我……”

老枪一脸奸笑着走了过来，伸出肥厚的大手像抓小鸡一样把女模特拎了起来，嘴里骂骂咧咧着：“别以为你换个样子老子就认不出你了。奶奶的，老子找你多年了！你竟然还敢回来！”

女模特被他拎得几乎双脚离地。她柳腰扭动，双脚不停地蹬踹着，一张俏脸也因为愤怒而涨得通红，一双杏眼怒目而视。

老枪眼光贼溜溜地在女模特凹凸有致的身上打转，不怀好意地说道：“这些年躲哪儿去了？混成极品了，越来越出色了啊！”

女模特扭头躲开他色眯眯的嘴脸，一边继续挣扎一边怒骂着：“臭流氓！我根本就不认识你！”

老枪一点儿也不生气，反倒把女模特一把揽在怀里，把她的双手反剪到身后，然后把嘴凑到女模特面前，在她的脸颊上、脖颈上、胸脯上来回嗅着。一种既熟悉又陌生的反感让女模特血往头上冲，她憋足一口气，朝老枪脸上狠狠啐了一口。

老枪压抑住怒火，把女模特抱得更紧，把脸上的吐沫在她胸上蹭干净，然后铁青着脸，把女模特的手腕抓到她眼前，晃动着女模特手腕上的镯子，恶狠狠地问："不认识我，那你认识这个吧？说！这是什么？说啊！"

女模特连踢带打地反抗着。老枪把她抓得更紧，继续恶狠狠地说："别以为你干的那些事别人不知道！"

女模特害怕极了，她求救地看向刘亚楠，大声地呼救："来人啊！快来人啊！救救我！"

"喊啊，使劲喊！你以前的那些事儿可就再也瞒不住了！"老枪威胁着。

这时，谁也没想到旁边的刘亚楠突然抢过二宝手中的火把，猛地向老枪扔去。老枪一低头躲过，火把落在了他身后。随着火光，清晰看到火把正落在地上尚在流淌的化学制剂上，地上一下子蹿起了火苗。老枪急忙撒开女模特，跳到一旁。

火苗迅速顺着地上的液体蔓延到不远处装着化学制剂的塑料桶，老枪和二宝见势不妙，顾不得女模特和刘亚楠，撇开她们向矿洞的另一头跑去。只听轰隆一声，又是一次爆炸。这次爆炸让整个矿洞都震动起来。泥土碎石稀里哗啦不断地往下坍塌，女模特和刘亚楠来不及躲闪，被震落的石块砸倒，瞬间被坍塌的土石掩埋。

矿洞里再次安静下来，只剩下四处弥漫的烟尘。

正在这时，尘雾中冲出来三个人影，正是林雅娴、张建铭和老曹。林雅娴奋不顾身地率先冲到坍塌的碎石前，不顾一切地徒手扒着泥土碎石，嘴里念念叨叨着："你不能死，你不能死，你的事儿还没说清楚呢。"

张建铭听了，和老曹对视了一下，两人也一起去扒。

终于几个一起合力从土石堆里扒出了血肉模糊的女模特和刘亚楠。张建铭连忙检查她们的伤势，幸好掩埋她们的都是震落下来的碎石沙土，两人不过是受了些皮肉伤。但由于过度惊吓，有些神思恍惚。

女模特一见有人，就大喊救命。

张建铭扶住她的双肩，淡定地说："是我们，别怕！"女模特还没醒回神，远处的矿道又传来连续的爆炸声，矿洞里随即碎石四处纷落。

林雅娴这时冷静地对大家说："这里的矿道荒废多年了，恐怕经不起这样连续的震荡，得赶紧离开这里。"

张建铭也感觉矿道随时都有坍塌的危险，于是便催促大家赶快行动。

女模特却没动，她近乎绝望地说："走不出去了，根本走不出去啊！"声音里带着哭腔。

林雅娴拉起女模特的手，认真地对她说："可以的，照着矿壁上的那些符号走。那些是我找玲玲时防止迷路刻上去的。"

女模特一脸焦急："那我们一起走啊！"

林雅娴苍老的面颊上此时流下两行泪水，她哽咽着说："我要去找玲玲，是我害了她……"

女模特鼻子一酸，心中顿生一股感动。又一阵震动，这里的矿道开始崩塌。女模特咬了下嘴唇，二话不说，拽起林雅娴就向还没有坍塌的方向跑去。

6

林雅娴凭借对矿道里地形的熟悉，带着女模特他们几个人躲过了坍塌的矿道，跑进另外一处偏僻的矿道。经过了一阵不停歇的仓皇奔逃，几个人早就气喘如牛。女模特瘫软在地上，高耸的双峰也随着她的喘息剧烈起伏着。

这时从稍远处不知什么地方又传来连续的爆炸声。林雅娴一骨碌站起身，招呼大家继续赶路：“这里不宜久留，迟早都会塌掉的，还是快点儿离开吧！”被她这么一说，张建铭赶紧起身招呼大家跟着林雅娴继续赶路。

跑出一段路，林雅娴手中的矿灯突然一下子灭了，大家即刻陷入一片漆黑之中。

“没电了。”黑暗中传来林雅娴失望的声音。

刚才的崩塌，加上一路疯狂的逃离，其他几个人手上的矿灯早就不知去向。无奈，大家只得摸黑前行。好在林雅娴熟悉环境，深一脚浅一脚地，一行人终于在前方看到了光亮。

女模特紧张的情绪终于缓和了下来，她松了口气，一屁股坐下，非要休息一下。不想突然从身后的矿洞深处又传来一声紧似一声的爆炸巨响，矿道开始全面坍塌。张建铭只得拉起女模特快速向有光亮的矿道口狂奔而去。老曹、张建铭和刘亚楠已经先后跑出了矿道。

女模特这时回头不见了林雅娴，她想也没想就往回跑。进到矿道口，她看到林雅娴摔倒了，便准备跑过去搀扶。没想到刚跑几步，一股爆炸的气浪夹杂着火焰从矿洞深处席卷而来，火光刺眼，火焰伴着炽热的气浪冲向自己，女模特睁大双眼，惊恐地大叫了起来。

似曾相识的感觉又来了——

一声刺耳的汽车鸣笛声划过寂静，黑暗中两道刺眼的汽车大灯光束迎面射来，晃得她几乎睁不开眼。随后更加刺耳的鸣笛声和更加刺眼的车灯急速逼近，被困在车里的她动弹不得，眼睁睁看着卡车呼啸着急速冲过来，轰的一声巨响，卡车猛烈地撞了上来。

随后几乎被撞烂的车发生了爆炸，她却听不到爆炸声，耳边只有枯燥的持续不断的嗡鸣声。她有些时空错乱的感觉，恍惚间她突然看到爆炸的火焰从远处，不，应该是从矿洞深处涌来，瞬间席卷而至眼前。她觉得死神降临，使劲闭上了眼睛。

爆炸过后，一切渐渐恢复了平静。女模特被埋在土石堆里，昏迷不醒。弥留中，她蒙蒙眬眬地看到一个车祸现场，一个长相酷似自己的女人被人抬上了担架。一个护士迅速在她脸上罩上氧气面罩，另一名护士在她的肚子上处理着，那里明显地插着一块尖锐的铁片，血正从伤口里汩汩涌出。

一个医生过来用听诊器在她肚子上仔细地听着。恍惚间听到医生朦胧异常的声音："听不到胎音了，孩子恐怕保不住了！"

看到这情景，女模特心忽地一沉，只觉得眼前一黑，昏死过去。奄奄一息的她隐约感觉到医生用心脏除颤器对她进行心率复苏，砰，一下，砰，两下，砰，三下……

女模特终于苏醒了过来，刚才车祸现场那一幕让她仍然感到余悸未消。她静静地躺着，脑子里回想着刚刚发生的一切。她忽然想起了什么，一下子坐起来，掀开自己的衣服，赫然发现自己小腹上一道长长的疤痕。她抚摩着这道疤痕，心中怅然若失。她好像突然知道自己是谁了，然后又突然忘了。

她感觉心中的记忆好像就在心门之外，刚把门打开，它便倏地一下消失了。她被这样的感觉来回折磨着，无法摆脱，痛苦万分。

女模特四下看了看，发现这里只有自己一个人，正坐在一片土石堆里，这里看来是一个爆炸后的现场，狼藉一片。她努力回想了片刻，忽然想起爆炸前摔倒的林雅娴。她挣扎着从土石堆里站了起来，她开始四处寻找，可是四下里似乎只有她一人，哪儿有林雅娴的影子。她抬眼看到前面不远处，一道刺眼的光束正从外面照射进来。

"那里应该就是出口。"女模特心想。

她跌跌撞撞地向光亮的方向走去。

7

女模特终于看到了久违的阳光。她眯起眼睛，努力适应着光明。环视四周，她发现这处矿道口竟然在山坡顶上，从这里可以俯瞰整个废弃的矿区。下面半山坡上是层层叠叠的矿区厂房，山坡下面是绵延的公路。再往远看去，她看到了那家小旅馆，以及更远处的戈壁荒漠。

她用手挡在额前瞭望四周，她想寻找之前先于她和林雅娴逃出来的张建铭、老曹和刘亚楠，却发现他们根本不在这里。

她衣衫褴褛，浑身泥土，混合着泥土的汗水、血水在她原本漂亮白净的面庞上挂满一缕缕淌下的印迹。忽然来到光明之中，她竟有些不适，她孤独、茫然、恐惧、兴奋，说不清的感觉一齐涌上心头，令她不知所措。

她靠着一块大石头坐了下来，强迫自己静下心来，心中思忖着自己到底该去向哪里。

这时，她忽然听到一阵阵铿锵有力的重金属音乐声远远地传来。她站起身，爬上身后的大石头，才发现这里竟然是山顶的最高处。

她向音乐声传来的方向眺望过去，在远处戈壁旷野中，两辆车并驾齐驱，正沿着公路向这里疾驰而来。

她感觉这幅景象似曾在哪里见过，或许曾经出现在梦境里。她揉了揉眼睛，两辆车已经越来越近，她赫然发现那辆碧蓝色牧马人敞篷吉普车正是自己之前来时驾驶的那辆，而旁边并行的正是那辆银色长城皮卡。

音乐声也渐渐清晰起来，她立刻辨认出那也正是之前自己在吉普车里播放的加拿大死亡金属乐队Cryptopsy最为经典的专辑《None So Vile》。那暴风雨般的音符、狂热的节奏、暴戾的鼓击，再次震撼着她的神经。

两辆车越来越近，女模特终于看清了，开车的人竟然是她自己！这让她大吃一惊。她看到自己正坐在司机座位的椅背上，一只脚蹬在方向盘上操控着汽车，自己那丝缎般的长发在风中飞舞。

女模特看到皮卡车并行在吉普车旁边，老曹开着车，张建铭在副驾位置举着相机不停地抓拍。

此刻的吉普车上，刘亚楠躲在吉普车副驾驶下面，举着反光板。伴随着强烈的重金属音乐，而她自己正搔首弄姿地摆着各种姿势。

看到眼前这一切，女模特恍然意识到什么，她跳下巨石，飞速向山坡下废弃的厂区跑去。

吉普车和皮卡这时已经来到山坡下，停在公路边，张建铭等一行人都下了车。

他们站在路边向山坡上望去，都被眼前一大片几乎望不到边的废弃厂区的景象所震撼。

女模特兴奋得手舞足蹈，感叹着："哇噻，真是令人叹为观止啊！这画面太有故事了。"说着就往山坡上跑去。

"哎，刘亚楠，你过来一下。"张建铭叫住了正要跟着女模特上坡去的刘亚楠。他拿出一张被火烧去了一角的插画一边看着，一边向上坡上走了几步。然后他又抬头看看眼前的景象，仔细辨认着。

女模特此时已经走到山坡上了，回头见没有人跟上来，便大声招呼着大家。

"你们来不来啊？上去看看啊，这景象太酷了！"

张建铭看着山坡上残破的建筑群，在阳光的照耀下寂静得可怕，似乎有些担心。“哎，你等一下，”他劝阻着女模特说，“等找人问问清楚再上去。”

老曹这时在招呼：“建铭！”

顺着老曹手指的方向往远处看去，戈壁荒漠中一辆卡车卷着尘土朝这边开了过来。

女模特这时已经走上了山坡。

与此同时，山上的女模特也已经从山上奔下来，来到废弃的厂区里。她在厂区里穿行着，四处寻找着自己的踪迹。

这里的厂房荒芜破败，窗户玻璃残破不全。此时虽然艳阳高照，但高大的厂房遮住了阳光，这里显得阴暗无比，四周异常静谧。转过一处厂房，女模特终于看到了自己正神情紧张地对着一处破旧厂房的玻璃窗愣神。她连忙挥舞着手，一边咚咚咚地大步向自己跑过去，嘴里还一边冲她呼喊着：“别过来，不要再往前走了！”

这时，她看到玻璃窗上反射出那个自己正一脸惊恐地望向她。

8

山坡下走上来的女模特在厂房的阴影里站住了。她紧张地看了看四周，破旧的厂房上黑洞洞的窗口让她突然感到一阵阵无名的恐惧。她不自觉地打了个寒战。突然不远处传来咚咚咚的脚步声，女模特心头莫名一凛，转头看去，却没有看到任何人。

突然，她眼角余光里有个影子在玻璃窗上晃过，她猛一回头，看到在厂房破碎的窗户玻璃上赫然映出了一个人影，那人浑身泥土，满面血迹，正惊慌失措地冲着她喊着什么。她定睛细看，发现那人居然和自己长得一模一样！她惊恐之余再回头，却发现身后什么也没有。她再回过头看向玻璃，那个自己正狼狈不堪地和自己一样正从窗户玻璃里惊恐地瞪大双眼看着自己，两个女模特面面相觑、目瞪口呆。

女模特以为自己看花了眼，要不就是在做梦？她揉了揉眼，暗中掐了一下自己的手，又紧张地看向四周，根本没有任何人。她再回头看向玻璃，玻璃上的影子正在一边挥舞着双手，一边冲自己焦急地喊着什么。女模特觉得自己一定是见了鬼了，惊吓之余她反应过来，慌忙逃离。

从山坡上冲下来的女模特看到自己要往山坡上跑，于是焦急地一边向她挥舞着双手，一边焦急地对着她大声呼喊："不要去，不要进矿洞！千万不要进矿洞！"

那个自己似乎是听到了她的呼喊，停下脚步四下察看。她又冲她重复喊着，可是奇怪了，无论她怎样大声呼喊，那个自己似乎完全听不到也看不到，一会儿傻呆呆地盯着玻璃上的影子，一会儿又向前跑几步，还不时地转身四周寻找着。

女模特仍不放弃，一直紧跟在那个自己身旁，冲着她使尽全身力气呼喊着："千万不要进矿洞，不然秘密就被发现了！"

无奈，女模特用尽一切力气，那个自己仍是不能明白自己的心意，更加慌乱地逃离。

见一切无济于事，女模特陷入极度失望之中。她有气无力地喊出最后一句："不要跑了，有危险！"绝望的泪水顺着她满是泥土的脸流了下来。

正在心灰意冷之时，女模特看到那个自己停了下来，从地上捡起一块大石头，狠狠地砸向玻璃上映射出来的自己。

随着玻璃的破碎，女模特眼前顿时陷入一片漆黑。

黑暗中，女模特醒了过来，耳朵里还在因为刚才的爆炸声嗡嗡作响。她发现自己被碎土石半埋在坍塌的矿道里，这才想起刚才为了救林雅娴被爆炸掩埋了。可是……矿区厂房间的经历却仍旧历历在目，到底怎么回事？她混乱了，分不清哪个是现实，哪个梦境。

她艰难地从土石堆里挣扎出来，费力地站了起来，却又腿一软跌坐在地上。前面的黑暗中几道隐隐的光线钻进矿洞。借助光线，她看到林雅娴被掩埋在不远处的一堆碎石土中。

她吃力地爬到林雅娴身边，用力搬开压在林雅娴身上的一块大石头，然后双手扒开碎石土，用尽气力把昏迷不醒的林雅娴拖了出来。

她抚去林雅娴脸上的灰土，轻轻拍打着她的面颊呼唤着："妈妈，妈妈……"

林雅娴头上的伤口流着血，面色灰白，气息微弱。女模特坐在地上，把林雅娴的头枕在自己的胳膊上，把她搂在怀里。刚刚九死一生的经历仍然记忆犹新，却让她有种起死回生的感觉。她渴望逃离这里的阴暗，她此刻无比向往外面的阳光。

这时矿洞外的张建铭正带领着老曹和刘亚楠拼命在坍塌的矿道口徒手扒着。张建铭一脸坚定的表情，他下定决心般地对老曹和刘亚楠喊着："一定要在深洞完全崩塌之前把她拯救出来，不能再让她迷失在黑暗中了，更不能让她永远埋葬在黑洞里。"

女模特的眼前渐渐显露出一个亮点，随后这个亮点逐渐扩大，张建铭他们扒开了洞口。

女模特用微弱的声音呼救着："我在这里，快来救我！"

张建铭和老曹钻了进去，见到了土石堆中的女模特和林雅娴，二人不由分说，张建铭扶起女模特，老曹背起林雅娴，快速爬出了洞口。

就在他们离开矿洞口的刹那间，矿道在他们身后轰的一声彻底坍塌了。

终于看到了久违的阳光，女模特环视四周，她发现这处矿道口竟然在山坡顶上。她远望戈壁荒漠，广袤无垠，空寂无人。

此刻湛蓝的天空一架飞机划破碧空，拖出一道长长的白色痕迹。她仰望着蓝天，却突然泪如泉涌。

第五章　如梦方醒

1

病房里，女模特浑身上下缠满绷带躺在病床上，床头的监视器上显示着身体的各项指标。她慢慢睁开了双眼，眼前朦胧的景象也随之逐渐清晰起来。

张建铭、老曹和刘亚楠正围在病床前，见她醒了，都关切地凑下身来看她。眼前这一幕让女模特又产生一种似曾相识的感觉。她的记忆再次恍惚起来，茫然地看着大家发愣。

“去叫大夫来，她醒了。”张建铭对刘亚楠说。刘亚楠哦了一声忙向外走去。

不一会儿，医生进来了。他察看了一下监视器上的数据，又观察了一下女模特，然后脸色轻松地说：“她受的基本都是皮外伤，刚才主要是缺氧加之过度惊吓造成的昏迷，现在应该没事了，再休息几天就好了。”

说完，医生对随行而来的护士嘱咐了几句之后便转身离开了。

女模特再次环视了一下围在她身边的几个人，最后看向刘亚楠，问道：“我妈呢？”然后猛然醒悟，“哦，不，林老师呢？”她又神情紧张地问，“她，她还好吧？”

“林老师伤得比较重，昏迷不醒，在观察室接受治疗呢。”刘亚楠帮她掖了掖被单，随口回答着。

女模特脸上露出一丝痛苦的表情。

“那个老枪呢？抓起来了吗？”女模特又问，说着抬起身想要坐起来，刘亚楠忙扶住她。

张建铭与旁边的老曹对视了一下，眼神中露出奇怪的目光。他重复着：“老枪？”

“对啊，就是那个卡车司机，他杀人了。”女模特脱口答道。

张建铭心底一阵疑惑，又有些欣喜，但他表面上仍不露声色地问：“他杀人了？杀谁了？”

女模特欲言又止。

张建铭紧接着又问：“你怎么知道他叫老枪的？”

女模特愣住了，一时不知如何对答。她用手捂住两边的太阳穴，满脸痛苦地说：“哎呀，我头痛死了。”说着便侧身躺下，掩饰着尴尬。

“还有，你之前还提过二宝和耗子，你是以前就认识他们吗？”张建铭又问。

女模特突然意识到之前可能说错话了，但她又想不起来什么时候说过，于是赶紧否认：“我说过吗？我怎么不记得？我根本就不认识他们，我怎么会认识他们呢，你听错了吧。”

老曹忍不住追问：“你刚才来这儿的路上一直说老枪要报复你，还说他伤害过你呢，这又是怎么回事？”

女模特把脸埋在枕头里，不说话了。

“还有，你说你在矿洞里看到了棺材和死去的胎儿，这又是怎么回事？”张建铭又追问道。

女模特一骨碌坐起来，一脸不解和惊讶。她盯着张建铭看了两秒，又看了看老曹，还有刘亚楠，回过头质问张建铭：“你们什么意思？你们不是也都在场吗？还有林老师，你们不是都看见了吗？”

张建铭和老曹面面相觑，面露同情和忧虑，几个人都不再说话。女模特更加困惑，茫然地看向张建铭，眼中露出救助的神情。

张建铭不无担忧地看着她，想了想然后问她："杏雨，你真的一点儿都想不起来了吗？"

女模特忽闪着一双漂亮的大眼睛看着张建铭："你叫我什么？杏雨？你怎么也这样叫我？"

张建铭没再说话，背过身去。女模特觉得他可能是说不下去了，心中奇怪："他是难过了吗？"

老曹接过话头："你叫吴杏雨，你出了车祸，失去了记忆。"

女模特简直不敢相信自己的耳朵，她吃惊地张大了嘴说不出话来。

张建铭这时转过身来，不知从哪拿出一本画夹，心疼地看着她说："这个画夹你还有印象吗？你看，这些都是你画的，你好好看看。"

女模特没有去接画夹，她只是瞥了眼画夹，便指着刘亚楠，轻松地说："我当然知道了，这些不都是她画的吗？我这几天一直都看见她在画画。"

刘亚楠只是微笑看着她，没有说话。

张建铭把画夹递到她面前，耐心地说："不，这些都是你自己画的。画的都是你能够回想起来的记忆碎片，你再好好想想。"

女模特疑惑地伸出手接过画夹，一页一页地翻看着，戈壁荒漠，碧蓝色的牧马人敞篷吉普车在疾驰；矿区山坡上壮观的荒废厂房；一个矿区的当地人，尖嘴猴腮，杀马特朋克的造型，旁边标注着"耗子"。

女模特一脸困惑地抬起头看向张建铭，张建铭用鼓励的眼光看着她，说："你再好好想想，肯定能想起来的。"

女模特再次陷入沉思，这些画怎么可能是她画的……

2

戈壁荒漠上，烈日当空，放眼望去，蒸腾而起的热气在阳光的照射下，像是眼前的一张透明玻璃纸，光怪陆离。

一辆敞篷吉普车疾驰在戈壁荒漠，吴杏雨戴着一个宽大的墨镜，坐在后排座位上。一块印有漂亮花纹的高级纱巾把她的脸包裹得严严实实，只露出一双顾盼生辉的大眼睛。耗子吹着口哨，摇头晃脑地开着车。

刘亚楠坐在司机副驾座位上，兴奋地扭来扭去，前后左右看着四周的景色。

路的前方有一处山坡，刘亚楠有些激动地扭头对后面的吴杏雨喊着："杏雨姐，杏雨姐，你快看，这景真是太棒了！"

吴杏雨顺着刘亚楠的手指的方向望去，广袤的旷野远处，一座小山坡上鳞次栉比的建筑，好一派壮观景象。

耗子插嘴说："那里就是废弃的矿区。"

吉普车很快来到矿区的山坡下停了下来。吴杏雨站在路边向山坡上看去，心中不禁被眼前的景象震撼到。她在山坡上的厂房间随处走着看着，耗子跟在旁边热情地介绍着这里由兴盛到衰败的历史，还不时抱怨着世事变迁太快，仅仅十几年的工夫，就已时过境迁，物非人亦非。

从山坡上下来，已时近黄昏。耗子带着吴杏雨和刘亚楠驱车来到旅馆前，见吴杏雨一直默默地打量着这座外观破败的小旅馆，耗子又走上前来介绍。

"这里就要拆迁了，原来住这的人都逐渐搬走了，只有林老师还坚守在这里，嘿嘿。”见吴杏雨向他投来好奇的目光，耗子又滔滔不绝起来，“林老师是我们初中的语文老师，唉。”耗子感叹了一声，接着说道，“她女儿十几岁的时候突然失踪了，林老师伤心欲绝。为了等女儿回来，她一直没敢搬走，现在这里就剩了她一个人了。”

听到这里吴杏雨墨镜后面的脸上似乎有一丝不易察觉的触动，她仍然平静地听着耗子继续说着：“你一会儿见到就知道了，她还穿着当年女儿走失那天的衣服呢！十几年来洗了又洗，缝了又缝，从来没换过。唉！可怜天下父母心啊。”

吴杏雨始终没有说话，默默地听着。

“林老师！林老师！”耗子一边叫着，一边带着吴杏雨走进了旅馆。见没人应，耗子便把吴杏雨带到了楼道深处的一个房门前。房间门虚掩着，吴杏雨推开房门往里看了看，见房间里没人，便走了进去。

房间家具和陈设布置非常简单，只有最基本的桌椅和一张床，但收拾得非常干净。

吴杏雨的目光被桌上摆放着的一个相框所吸引。相框里是一个年轻女人和一个小女孩儿的合影，两人亲热地搂着站在一个花坛边。“这女人应该就是林雅娴吧。”吴杏雨思忖着，仔细看了起来。

照片上，小女孩儿站在花坛的沿上，两只小手搂着妈妈的脖子，一只手臂上戴着一个大大的翡翠镯子。照片的右上角印着“生日快乐，玲玲四岁生日留念”。相框前的一块白手帕上放着一只镶嵌着银质图腾符号的翡翠镯子。

吴杏雨好奇地把镯子拿起来仔细端详着，越看她心情越是激动。她努力克制着自己的情绪，把镯子紧紧地握在自己手上贴在胸口。

吴杏雨又抬头，看到桌子旁边的墙上挂满了照片。照片上记载着女孩儿玲玲的成长历程，从出生到幼儿园，从小学到中学，但是她的成长历程似乎到十四五岁时便戛然而止了。看到这里，吴杏雨心情复杂，眼眶不禁湿润起来。

墙上的照片除了玲玲，还有一些是林雅娴和她的学生的合影。有课堂上正在上课的，也有与各个班级的毕业集体合影，还有一些学生运动会的。从照片中看，林雅娴是个落落大方、成熟漂亮的女人。

吴杏雨的目光落在了其中一张黑白照片上。这是在一间宽敞明亮的教室里，林雅娴上身穿了一件毛衣，下面一条布裤子，打扮整齐利落，这是那个年代年轻女性最时髦的装束了。照片上的林雅娴正在课堂上领着同学朗诵课文。

吴杏雨的目光久久也没能离开这张照片。这张照片让她思绪翻涌，心底一个尘封多年的记忆箱被打开了。

照片在她眼中慢慢地由黑白变成了彩色，照片上的人也都活了起来：林雅娴身穿一件桃红色的带有编织花纹的毛衣，下面一条崭新的蓝灰色的布裤子。她皮肤白皙，面若桃花，神情自若地拿着课本在教室里一排排学生的座位之间来回走动起来。

此时吴杏雨的耳畔也响起了学生们整齐划一的琅琅的读书声：

古木阴中系短篷，
杖藜扶我过桥东。
沾衣欲湿杏花雨，
吹面不寒杨柳风。

3

病房里，女模特靠坐在床头，失神地看着手中的画稿，另一只手不经意地抚摩起腕上的镯子。

张建铭把这一切都看在眼里，他想了想，便用期待的目光看着女模特，亲切地说："看来你很在意这个镯子啊。"说话的时候眼睛一直盯在女模特的脸上，眼神中露出温暖。

女模特抬眼看了看他，心里莫名地紧了一下，她下意识地松开了抚摩镯子的手。

她镇定了一下心绪，表面上一副若无其事的样子，她把画稿递给张建铭，用手捂着嘴打了个哈欠，然后轻声说："我累了，想睡会儿。"说着便要往下躺。

"你之前说这镯子是你上次来矿区勘景的时候，耗子卖给你的。"张建铭不紧不慢地说，"所以我们才按照这个线索来这里的，是这样吧？"

听张建铭这么说，女模特又往上靠了靠坐正。她沉默着，露出一副若有所思的样子，手又下意识地抚摩起腕上的镯子。

"你想起来了吗？"张建铭追问了一句。

女模特脸上的神情依然如雾里看花，片刻之后，她摇了摇头，小声嘟囔着："那、那可能是我记错了吧。"说完躺下了。

"你等会儿再睡。"张建铭忙阻止她，"杏雨，你再好好想想，这个镯子到底是哪儿来的？为什么林老师说是玲玲的镯子？"

"林老师？林老师是谁？"女模特自言自语着，然后认真地想了想，但是仍然一脸不知所以。

她看了看旁边的老曹，又看了看刘亚楠，看到他们全都充满期待地等着她的回答。女模特低下头说："对不起，让你们失望了，我真的想不起来了。"

过了一会儿，她突然脸上流露出一丝痛苦，但很快又压抑住。她抬起头来，深情地问张建铭："建铭，你为什么总盯着这镯子不放？这个镯子跟你有什么关系？对你很重要吗？"

听到她叫出了自己的名字，张建铭眼前顿时一亮，他真切地看着女模特的眼睛说："杏雨，你想起来了！看着我的眼睛，你再努力一下，再使劲想一想。"

女模特也有些兴奋地盯着张建铭，但突然眼光又暗淡下去。她侧身躺下，不再说话了。

张建铭没有放弃，继续鼓励着："我知道，你现在一定已经找回自己的身份了，后面应该容易多了。"说着再次把画夹递给她，"这样吧，你想起什么就把它画出来，你要想办法从你的幻想中跳出来，不能一直陷在循环往复的梦境里。"

这时女模特像是自言自语，又像是问他："我是吴杏雨？"

张建铭欣喜地俯下身，捧起她的脸对她说："对，你就是杏雨。"他目不转睛地盯着她美丽的大眼睛。

"那咱们孩子的事你怎么不敢告诉我？"女模特喃喃着，眼角一大滴泪珠滑落。

"孩子？"张建铭、老曹、刘亚楠全都怔住了，几乎异口同声地脱口而出。

张建铭试探着问："你是说镯子，对吧？"

"对！就是镯子。镯子对我很重要，很重要，很重要！"女模特突然声音提高，激动地叫喊起来。

旁边的几个人都愣住了，相互看着，不知如何是好。

张建铭正要再安慰女模特，忽然她停止了叫喊，用一种弱得几乎听不见的声音喃喃道，“一个破镯子对你就那么重要？重要过咱们的孩子？你为什么不敢告诉我孩子怎么样了？”

女模特突然语无伦次。她一翻身坐了起来，脸涨得通红，泪水夺眶而出。

张建铭看到这情形反倒镇定下来，他用鼓励的眼光看着女模特，提示她说：“杏雨，车祸之后你一直都在提怀孕和胎儿的事情。你别激动，先想一想镯子，孩子的事咱们慢慢说。”

女模特已经泪如雨下，她拉着张建铭的胳膊焦急地问：“求你了，告诉我，孩子到底怎么样了？”

张建铭安抚着她说：“你冷静一下，再好好想想，会不会你记错了？”

吴杏雨泪眼迷茫地望着张建铭，痛苦万分，泣不成声。

张建铭好像完全不理会她的痛苦，继续冷冷地说：“咱们从来没有过孩子，咱们根本就没有结婚呢！”

他的话彻底刺激了女模特，她立刻停止了哭泣，呆呆地看着张建铭，身体还没有从刚才的痛哭中缓过来，还在一下一下地抽动着。突然她疯狂地晃动脑袋，双手插进头发里乱扯乱揪着，嘴里痛苦地发出“啊啊”的尖叫声。

这时病房门猛地被推开，几个护士疾步走了进来，分头开始紧张而有序地对女模特进行检查和护理，其中一个对张建铭他们下了逐客令：“病人需要休息了，你们明天再来探视吧！”

大家分别安慰女模特，张建铭又嘱咐了护士几句，之后就和老曹、刘亚楠一起走出了病房。

护士给女模特打了一针，她慢慢恢复了平静。护士见她渐渐睡去，也轻轻关上房门，离开了。

4

吴杏雨双手紧贴在胸口，手里紧握着镯子。她出神地看着照片，心中思绪万千。门吱呀一声被推开了，她回头一看，原来是林雅娴出现在门口。

林雅娴看上去已经非常苍老，面庞消瘦苍白，浓重的黑眼圈像是被泪水抹花了的烟熏妆，两腮塌陷，一头花白的头发稀疏得几乎遮不住头皮。

现在这个季节正是炎天暑月，可她却穿着毛衣和长裤，脸上居然一点儿汗也没有。原本桃红色的毛衣穿了多年已经褪色泛白，破旧的地方用近似颜色的线织补过，整整齐齐。长裤更是洗得发白，完全看不出原来的颜色。

看到房间里的吴杏雨，林雅娴似乎并未表现出惊异。昏暗的光线下，看不清她脸上的表情，只感觉到她直勾勾的目光。

吴杏雨也是呆呆地看着她，心情似乎平静无比。此刻好像一切都凝固了，两个人就这样对视着，谁也没说话。

吴杏雨突然意识到胸前握着镯子的手，慌忙把手放下，背到了背后，然后尴尬地笑了笑，嘴里遮遮掩掩地说："哦，您好！我、我就是进来看看，不知道这是你、你的房间。"

林雅娴没动，也没说话。

吴杏雨觉得有些尴尬，便随手拿起桌上的相框，没头没脑地说："这是您吗？照得真好……"

林雅娴这时缓步走过来，接过相框，用干枯的手轻抚着照片，喃喃低语着："这是我女儿。"

“挺可爱的。”

“可惜早死了！”林雅娴冷冷地说，口气中听不到半点儿悲哀。

吴杏雨睁大了眼睛：“死了？对不起。她……怎么死的？”

林雅娴把相框放回桌上，把白手帕展平铺好，轻声说：“跟死了一样。”说着拉过吴杏雨背在身后的手，把她手里的镯子拿回来，放到手帕上。

吴杏雨的心突突跳了起来，她又尴尬又紧张，皱了皱眉，慌乱地问：“什么意思？”

“丢啦，十几年了也没找到。”林雅娴转身走到床边，慢慢坐下，目光呆滞地盯着窗外。

吴杏雨看着林雅娴坐在床前的样子，脑子里忽地闪过一幕似曾相识的景象。她有点错乱，用力闭上双眼，努力想辨清眼前的情景。

玲玲在杜金明怀里又蹬又踹，她奋力挣扎，身体不停地扭动着躲避杜金明上下乱摸的大手。搏斗中，玲玲戴着镯子的手不知磕到什么地方，镯子断裂成两半，从玲玲的手腕向地上跌落下去。随着清脆的一声，完美无瑕的翡翠瞬间支离破碎。

那声清脆的“咔嚓”声在玲玲心头如同晴天霹雳，她放弃了挣扎，一双瞪大的眼睛眨也不眨地盯着地上镯子的碎块，愣了半晌，她突然不知哪来的一股力量，挣脱了杜金明，狠狠地在他手臂上咬了一口。

杜金明惨叫一声，放开了她。玲玲品着嘴里一股淡淡的咸腥味，她朝地上狠狠地“呸”了一口，吐出了心中的全部怨恨。

“所以我就当她是死了！”林雅娴冷冰冰的一句话把吴杏雨从幻想中拉了回来。

“那你干吗没再去找她？”吴杏雨走上前两步，来到林雅娴面前，语气中带有一丝怨气。

“她恨我。”

“你怎么知道她恨你？”

林雅娴把眼睛慢慢转向吴杏雨，淡淡地瞟了吴杏雨一眼，又呆呆地看向窗外，嘴里有些含混不清地说：“你不觉得死了更好吗？省得遭罪！”

听她这么说，吴杏雨心里像是被重重地敲了一下，感觉自己的心一下子沉到了底，腿脚发软，眼前一片模糊。

漆黑的深洞里，玲玲光着一只脚在矿洞里摸索着，脚底已经被地上的碎石磨破，她走过的碎石路面上留下了点点血印。突然前方一束微弱的矿灯光滑过，紧接着玲玲似乎听到有人低沉说话的声音，紧跟着远远地传来林雅娴焦急的喊声：“玲玲！玲玲！”

听到喊声，玲玲加快了脚步，向着声音传来相反的方向跌跌撞撞地跑去。林雅娴拼命的呼喊声终于渐渐落在更远的地方，最后消失了。

这时玲玲看到在前面一束阳光从地面上照射下来。她顺着梯子爬出了洞口。

天空湛蓝。

不忍再回忆下去，吴杏雨一把拉开了窗帘，深深吸了口气。

湛蓝的天空上被夕阳抹上了金色，金色的阳光照射进来，在桌上铺了一层金纱。她平复了一下心情，回到林雅娴身边蹲下。她凝视着床边呆坐着的林雅娴，不觉心生怜悯，脱口而出：“你就没想过她说不定还活着，说不定随时会回来看你呢？”

5

此时的病房里静悄悄的，听不到任何声响，女模特躺在床上转动着黑眼珠，竖着耳朵仔细辨听着外面的动静。

听了片刻之后，她从床上下来，踮着脚悄悄走到门边，继续侧耳听着门外的动静。直到她确认走廊里也安静了下来，这才回到床上。

她躺在床上，两只手紧紧抓着衣襟下摆，心中波澜起伏。她定了定神，深吸一口气，终于下定决心。她猛地掀起衣服，看向自己的小腹。小腹平坦光滑，皮肤白皙细腻，腰身纤细窈窕，双峰傲挺。她松了一口气，放下衣襟，坐了起来。

无聊中她的眼光落向床头柜上的画夹，凝神盯了片刻，她拿过画夹，靠坐在床头，蜷起双腿，把画夹支放在自己的腿上。她闭上眼睛努力回想了片刻，终于拿起笔在画纸上画了下去。

她的心随着回忆跌宕起伏着。回忆让她有一种说不出的释放，像是腾云驾雾般，一种想要全身放松的感觉油然而生。她躺在云里，绵软舒服。她用双手捧起一朵云，那云朵在她手心里飘忽不定，她越想抓住它，它越是要飘走。于是她把它扣握在两手之中，捂在心口，却眼见它顺着指缝一丝一绺地溜走了……

她突然觉得思绪如泉涌，她开始一张一张不停地画着。她想着画着，画着又哭着，哭着又想着。泪水打湿了画稿，洇染了画面。

生活区离矿区的生产区不远。这里建有矿区的机关、学校、宿舍、食堂，等等。

这里的职工宿舍都是筒子楼，长长的走廊两边一间一户地住着在矿区工作的职工。走廊两头分别设有共用的厨房、厕所和浴室。住在这里的人们不分彼此，共同分享的不仅仅是厨房里油盐酱醋，还毫无保留地分享着家家户户的隐私。在这里人们时时刻刻鸣奏着各种音调的锅碗瓢勺交响曲。

有一点是玲玲永远也想不明白的，筒子楼里长长的走廊为什么没有灯？为什么走廊的灯永远都不会亮？从她有记忆以来楼道里一直都是处于阴暗之中。

玲玲一家就住在这样的宿舍里，随着她一天天长大，一些关于她与妈妈和继父共居一室的闲言碎语不断传入耳朵。虽然她并不是太理解那些闲话的真正意义，但有一点她非常确定，就是继父侵犯了她和妈妈正常的生活，她因此对他心生憎恶。

与此同时，她也开始痛恨母亲对这种侵犯的麻木。她觉得妈妈越来越不爱她了，否则她怎么会让一个陌生人这么随便就侵入她原本纯静的生活。

早几年她就有了想逃离这个家的念头，但无奈自己年龄太小，她害怕离开家之后没法生存。现在她觉得自己已经长大了，她可以摆脱他们了，去过自己想过的生活。她对这个家已经再也没有任何依恋，她连做的梦都是如何逃离这个家。

这一天，玲玲终于下定决心，她把自己精心打扮了一下，穿上她心爱的碎花连衣裙，背起书包，关上房门，走进阴暗的像黑洞一样长长的楼道。

走出楼门，她觉得心情豁然开朗，外面如此光明，天地如此广阔。她终于可以不用憋屈在阴暗里。她向前走了几步，回头看向自己家的窗户。家里的窗户紧闭，窗后的窗帘严丝合缝地拉上。妈妈最喜欢拉上窗帘，她觉得似乎那薄薄一层就可以把世俗隔绝于千里之外。可是玲玲却觉得她的心不知从什么时候开始就被妈妈用帘子隔开了，即使面对面，也像窗对窗，挂上帘子，心不对心。

不知出于什么想法，玲玲从地上捡起一块石子，狠狠地朝自家的窗户扔去。可惜力气太小，没扔多远，石子跌落在地上。她又寻找到一块大些的碎砖头，紧咬牙，深吸气，用尽力，“嗖”的一声扔出。碎砖头飞向窗户，玲玲不再看，扭头走开。

在她倔强坚定的背影后面，先是“哐”的一声，紧接着“哗啦”一声，玻璃碎一地。

女模特从沉思中醒来，心像是被绞扭着，极不舒服。

她很怕做梦，因为她的梦境里似乎全是痛苦和不堪。曾有科学家统计过，说人的睡梦里70%以上是痛苦的。难道这就是古人说的“人生不如意事十之八九”？她决定不再想了，反正也想不明白，而且越想越痛苦，何必呢。

她把手边散落的一堆画稿整理了一下，一叠叠地堆在病床上，然后起身向病房门口走去。

6

女模特房门被拉开一道缝，探出头来张望，走廊里静悄悄的，对面的护士站里空无一人。她又向楼道两边张望了一下，确定四下无人，便走出病房门，沿着走廊向前，一路来到走廊尽头的重症监护室门口。她平静了一下自己，轻轻推了一下，门竟然开了，她回头又望了望，没有其他人，便悄无声息地走了进去。

重症监护室的房间很大，空空地并排摆放着三张病床。中间那张病床用半透明的淡蓝色布帘围着，床边配有各种监护仪、呼吸机、心电图机、除颤仪、起搏器、输液泵、气管插管等所有必需的各种急救器材。

透过半透明的布帘，女模特隐约看到床上躺着一个病人。此时病房内并没有护士，两边的病床上也空着。女模特蹑手蹑脚地走到中间的病床边，轻轻撩开布帘，她看到林雅娴虚弱地躺在那里，依旧昏迷不醒。

她四周看了看，见床脚的桌边有一把椅子，便拖过来在床边坐下。林雅娴苍老干枯的手背上插着针，正在输液。她温柔地把林雅娴的手拿起来在自己手里轻抚着，昏迷中的林雅娴毫无反应。

她又用手指轻轻抚摩林雅娴干瘪的面颊，眼泪止不住流了下来。她嘴唇嚅动了几下，终于轻轻地叫出一声："妈……"

这一声叫出来，她的情绪就控制不住了。她伏在床边，轻声哭泣起来。

"妈，这么多年了，我以为你早已经把我忘了呢。"她的肩膀随着抽泣一抖一抖地轻轻颤动着。

她抬起泪眼看着林雅娴，嘴唇翕动着，心里似乎有太多的话想说，却又不知从何说起。想想刚刚经历过的矿洞里的一切，再看看眼前林雅娴虚弱消瘦的身形，她心底最柔软的那块被触动了。她觉得过去的一切都已经过去，她不应该再记恨眼前这个孱弱可怜的女人。她长大了，成熟了，她应该学会宽容。

"妈，你醒醒吧。你看看我，我回来了，我是玲玲……我不恨你了，我真的不恨你了，一点儿也不恨了……妈……"

她哭得梨花带雨，很久没有这样哭过了。在过去这十几年里倔强是她唯一的情感表达，只有倔强她才能支撑自己走到今天，可是她觉得好累，真的好累，她不想再倔强了。

眼泪大颗大颗地顺着她俏美的脸庞滴落下来，滴落在她正在抚摩着妈妈的手上，滴落在她腕上精美的镶嵌着银质花纹的翡翠镯子上。

她低头看了看镯子，轻轻把镯子摘了下来，又把它套在林雅娴的手腕上，随后轻柔地说："妈，我改名字了。"她扑哧笑了一下，"是我自己起的。还记得小时候你教我背的南宋诗人僧志南的《绝句》吗？这些年我一直念念不忘。"

她表情一下子严肃起来，情不自禁地轻声背诵着："古木阴中系短篷，杖藜扶我过桥东。沾衣欲湿杏花雨，吹面不寒杨柳风。妈，我现在叫吴杏雨。"

病床上的林雅娴身体微微地颤动了一下，一行老泪顺着眼角潸然而下。吴杏雨非常自然地从床边小桌上的纸巾盒里抽出一张纸巾，轻轻拭去林雅娴脸上的泪水。

她忽然觉得有很多的话想告诉妈妈，一时又不知从哪儿说起，各种情绪在心中翻涌。

她右手下意识地转动着左手无名指上的戒指，嘴里有一句没一句地说着："妈，我已经工作了。哦，你不用担心，我的工作很好，在一家广告公司做主管……"

她手上的戒指是一枚晶莹剔透漂亮昂贵的钻戒，在房间的灯光下熠熠生辉。她像突然想起了什么，把戴着戒指的手举到林雅娴面前，有些兴奋地说："妈，你看看这个。"她说着把戴戒指的手又在林雅娴面前晃了晃。

林雅娴依旧双目紧闭，但她的眼皮微微颤了一下，吴杏雨只顾沉浸在自己的幸福之中并未留意到。她心潮起伏，思绪万千，却不知道该如何表达。她把嘴角向上略微扬了一下，做了个笑的表情，随后面露羞涩，脸一红，低声说："妈，我就要结婚了……"

床上的林雅娴没有任何反应，但吴杏雨似乎并不在意，她有些撒娇地问妈妈："你想不想知道他是谁？"她又轻轻抚了抚妈妈的手背，继续低声向妈妈诉说，"他叫张建铭，他很爱我，他已经向我求婚了。"她两颊染上两朵幸福的红晕，脸上浮现着幸福满足的笑容。

钻石戒指在她的无名指上耀眼地闪亮着，吴杏雨陷入幸福的回忆之中，张建铭向她求婚的情景再次浮现在她的脑海。

7

吴杏雨拖着一个颜色鲜艳、漂亮小巧的行李箱走进了候机楼，她四下张望着，像是在找什么人。等了一会儿，仍不见人影，于是她便到办理登机手续柜台前排起了队。前面还有两个人的时候，她又伸长了白皙的玉颈朝大门口方向张望着。

"您好，您去哪里？"听到话音，吴杏雨忙转回身，发现前面两个人已经办完了登机手续，柜台里年轻漂亮的值机小姐正面带微笑，亲切地看着她。

吴杏雨忙把身份证递过去，仍旧焦急地回身张望。这时她看到刘亚楠蓬头垢面背着个大背包，腋下夹着个画夹慌慌张张地向她跑来。

"哦，我们一起两个人……"她赶紧回头对柜台里的女孩儿说，"快点快点！"然后又招呼着刘亚楠。

办完登机手续，在去往安检的路上吴杏雨禁不住问刘亚楠："你怎么搞的，我还以为你把出差这事给忘了呢。"

刘亚楠一脸愧疚神色，小声说："对不起，我、我迷路了……"

登机口已经排起了长长的等候登机的队伍，吴杏雨和刘亚楠匆匆赶到时，广播里正在播放着登机通知。很快她俩就排到了检票口，“嘟”的一声之后，航空公司的地勤小姐微笑着把登机牌递给吴杏雨：“祝您旅途愉快！”

吴杏雨拖着漂亮的小拉杆箱体态优美地往廊桥上走去。

“哔哔哔……”地勤小姐扫描刘亚楠的登机牌时，电脑系统发出了异样的报警声，刘亚楠顿时紧张起来。已经走到廊桥口的吴杏雨听到声音也停住了脚步。

“对不起女士，请您出示一下身份证。”地勤小姐礼貌地对刘亚楠说。

刘亚楠慌乱起来，她在自己的大背包里乱翻着，腊黄的脸上浸出密密的一颗颗汗珠。这时她四下寻望着，忽然看到远处两个身穿制服的人正向她看来。那两人留意到了这边的异动，交换了一下眼色便匆匆向这边快步走来。刘亚楠更加着急了，但是她越急越找不到，她干脆“哗啦”一下，把包里所有东西都倒在地上。

“女士，您……”地勤小姐刚要阻止她，刘亚楠已经把东西全都倒了出来，她顺势蹲在地上翻找。

“出什么事了吗？”两个男人已经走到跟前。

“她身份证找不到了。”地勤小姐替刘亚楠回答着。

“别找了，在我这儿呢。”刘亚楠抬头一看，见吴杏雨从包里掏出身份证递给了地勤小姐。她瞄着吴杏雨，只见她神情异常兴奋地对走过来的两个男人中的一人说：“建铭？你怎么来了？”吴杏雨说着，脸上露出甜蜜的笑容。

刘亚楠看到张建铭身材高大，长相俊雅，举止温文尔雅，心中不禁一动，她羡慕地看着吴杏雨，忘了收拾地上散落的东西。

“我特意来陪你去采景的，好不好啊？”张建铭眼中充满爱意。

吴杏雨甜甜一笑："当然好啦。"突然看见了他旁边的另一位国字脸中年男人，她立刻收回了笑容，"这位是……"她礼貌地问。

"哦，他是老曹，跟我们一起去。"张建铭轻松地回答。

吴杏雨心中疑念一闪，但很快掩饰过去，她向老曹伸出纤细白嫩的玉手，违心地说："太好了，欢迎你。"

刘亚楠听到老曹两个字，脑子里也是顿时充满疑问。她来不及细想，忙胡乱地把地上的东西收进背包，起身独自向廊桥里快步走去。

刘亚楠刚刚在机舱里坐下，便看见张建铭和老曹与吴杏雨说笑着来到她旁边分别坐下。

"咦？这么巧啊？"张建铭笑着说。

"是啊，真巧。"吴杏雨小声应着，刘亚楠心里也冒出同样的话。

刚刚坐定，张建铭像变魔术般不知从哪里掏出一个精致的小盒。他把小盒拿到吴杏雨面前，当着老曹和刘亚楠的面，打开了小盒。只一瞬，一颗毫光万道晶莹剔透的钻戒光芒四射，令整个机舱里顿时蓬荜生辉。

吴杏雨瞪着那双湿润动人的大眼睛，双手微颤着激动地接过小盒。她盼着这一刻已经盼了很久了，她曾经在脑海里反复导演着张建铭向她求婚的各种情景，但她无论如何也没想到竟然会是今天这样的情形。

8

林雅娴依然昏迷着，吴杏雨完全沉浸在美好幸福的回忆中，那对美丽的大眼睛里盈满了幸福的泪水，目光中充满了对未来的憧憬。

她用手抹去脸上的泪水，看向妈妈苍老干瘪的面庞。她突然心生一种久未体验过的心疼的感觉。她觉得这张脸不再让她厌恶，她觉得她可以原谅妈妈了，而且一旦有了这种感觉，她觉得一切都释然了。

她心里从来没有这么宽松过，她发现原谅一个人后自己的心情竟然可以如此轻松和美好。以前她曾经无数次地试图去原谅妈妈，但是每当她动了原谅的念头，之前的伤害却成倍地加剧在自己心里。于是她选择忘却，谁知忘却的记忆竟是更加深刻的牢记。

这种对伤害的牢记就像蝎毒一样在自己身体里滋生蔓延，然后让自己更加执念于不肯原谅。现在，她终于明白了，恨念是一种心毒，一直让她在不知不觉中承受着痛苦。

现在，她终于懂了，原谅别人其实就是放过自己。现在，她终于可以放松心情面对妈妈，面对自己。

她把妈妈的手握在自己手里，轻抚着。她感觉妈妈原本冰凉的手在她的手心里逐渐温暖起来。渐渐地，她觉得似乎妈妈正在把她的手反握在她的手里。

妈妈的手似乎因为她的谅解而有了力气，并把她的手死死地抓住，手腕都被攥疼了。她极力想把手挣脱出来，可是她的手被攥得太紧，挣脱不了。她惊恐地向林雅娴看去，顿时吓得发根直竖。

她发现自己正伏在一张挂着破旧蚊帐的老式雕花大床边，半落下来的蚊帐里躺着一个尖嘴猴腮、瘦骨嶙峋的男人。他一只手伸出蚊帐外正用力牢牢抓着自己的手，他、他竟然是杜金明！

吴杏雨顿觉头皮发麻，惊得大叫，却无论如何也叫不出声。而此时躺在床上的杜金明也醒了过来。他抓着吴杏雨的手腕，愤恨地瞪着她，嘴里呜呜呀呀地胡乱说着吴杏雨完全听不明白的话。

突然，窗外传来轰隆隆的巨响，像飞机起飞时的轰鸣声，整个房间随着轰鸣声颤抖起来。

吴杏雨忍不住向窗外看去，外面白茫茫一片，什么也没有。她再转回去看杜金明抓着自己的手，不禁大惊失色。自己无名指上的那颗璀璨炫目的钻石戒指竟在自己眼前逐渐变色，慢慢变成了灰色，然后一点一点散落，变成了灰烬，一阵轻风吹过，灰飞烟灭。

吴杏雨惊得目瞪口呆，她简直无法相信自己的眼睛。她用手用力揉了揉自己的眼睛，再向床上看去，哪有什么杜金明，那张老式雕花大床不知什么时候变成了一张沙发躺椅，而自己正躺在那张躺椅上，表情痛苦，一只手正紧抓着另一只手，被抓的那只手使劲挣扎着想要摆脱。吴杏雨眼睁睁地看着自己在躺椅上在痛苦的梦境中挣扎，彻底糊涂了。

她缓缓站起身环视四周，这里根本不是重症监护病房，不知何时已经变成了一间办公室，一张办公桌上配有电脑和电话，办公桌后是一排档案柜，办公桌前靠墙有两个书架，上面放满各种书籍杂志。书架前有一张圆形小茶几，旁边有两张椅子。

房间另一侧摆放着一张双人沙发，沙发上摆着各种舒适的靠垫和抱枕。办公桌的另一边正是那张自己正躺着的沙发躺椅。

这是哪里？刚才到底是怎么回事？吴杏雨糊涂了，看着眼前的一切，看着正在沙发躺椅上挣扎着要醒来的自己，不知所措。

她又望向办公桌，发现桌子后面的椅子上赫然坐着一个男人。她想冲过去问问那个男人这一切到底是怎么回事，可是刚迈出一步她又退缩了。她害怕了。

这时男人抬眼看了一下，便站了起来，然后竟向自己走了过来。吴杏雨慌忙四下看着，想找个可以藏身的地方。

这时，天空中又一架飞机呼啸而过，巨大的轰鸣声震耳欲聋，吴杏雨觉得有种山崩地裂的感觉。

她下意识地捂住耳朵，抬眼望去，一架正在起飞的飞机正费力地从对面楼顶的天空向上爬升，巨大的轰鸣声淹没了城市里的一切纷乱与嘈杂。

阳光照射在银白色的机身上的反光晃得吴杏雨立刻闭上了眼睛，她只觉得眼前红光一片，继而逐渐陷入黑暗之中。

9

一幢三层小楼跻身于街道两旁林立的店肆之中。这里离机场很近，正好处在飞机起飞后爬升时的航道上，四周围都是一片低矮的建筑。

这座城市到处都在进行着热火朝天的老城改造建设，老城的容貌正在一点点消失。而这里却像是被开发遗忘的角落，窄窄的巷子、拥挤的建筑、冷清的街道、斑驳的石灰墙，还有墙脚下爬满的厚厚青苔……这里的一切与繁华喧嚣无缘。

心理咨询室就在楼内的一层。沙发躺椅上，吴杏雨正从梦魇中挣扎着醒来。她两眼无神地盯着天花板，怔怔地躺在那里，脑子里纷乱不清，可又像是一片空白，她分不清哪些是梦境，哪些是对现实的回忆。

她坐起身，仍旧心神不定，就呆坐着继续发愣。

她试图回想刚才梦里的情形，那些梦境曾经那么清晰真实，可待她回想时却发现居然已经完全不记得了。

她决定不再去想。她站了起来，四下看了看。此刻，房间里并没有其他人，这里的环境对她来说很陌生，她一时想不起自己怎么会来到这里。

她来到书架前随手翻看着一本书，忽然听到有人说话的声音。这时她才看到书架旁边竟然还有一个门，门虚掩着，说话的声音正是从那里传出来的。她轻手轻脚走到门边，透过敞开的缝隙往里看。

她看到一个男人坐在宽大的办公桌边，正在和对面另外一个男人说着话。门缝隙太小，她看不到对面那个男人，只能看到他放在办公桌上的手。

这时办公桌边的这个男人无意间转过头来，这让吴杏雨不由得吃了一惊，这人竟然是老曹！

她下意识地缩回身。“老曹怎么会在这里？”她心里想着，又忍不住向门缝里望去，她想再看清楚老曹对面那个人到底是谁。无奈门缝太小，她怕惊动房间里的人，不敢推开门。

“这人到底是谁啊？怎么声音这么熟悉？”门缝里她看到那个男人手里拿着一些画稿，一直在翻看着。

这时男人说话了：“她每次被催眠时都挣扎在差不多同样的矿洞梦境当中，可是每次梦境她挣扎想走出矿洞，但又都无法真正走出去。”

老曹不解地问：“那这说明什么问题呢？”

“这说明她面临的问题是她难以靠自己的能力解决的。矿洞梦境的重复出现，表明她一直想冲破某种束缚或是困境，但她对此一直束手无策，一筹莫展。”

说着男人的手伸过去，把其中一张画递给老曹，接着说道：“从她的口述中我了解到她似乎一直认为自己童年时被继父性侵，她一直怨恨母亲对继父的行为视而不见。母亲非但没有保护她，反而还责怪她对继父不好。”

老曹接过画稿，拿在手上认真地看了起来。吴杏雨从门缝中隐约看到那张好像是刘亚楠画的杜金明性侵玲玲的情景。

男人说话的声音越发觉得耳熟，而他说的话让她更加吃惊，一丝莫名的恐惧感由心底冒了上来。

这时对面男人的说话声又响了起来：“她一直强调说小时候被继父伤害的时候，妈妈在旁边置之不理，根本没有保护她。她对此一直记恨在心，终于导致后来她离家出走。她说这么多年来她一直尝试原谅妈妈，但反而令自己受到更重的心理伤害。所以她的这个心结到现在还没有解开。”说到这里，男人又连续递给老曹几张画，“还有这几张，你也看看。”

老曹接过画稿认真地看了起来。屋子里一下子静了下来。

吴杏雨担心里面的人听到门外有人，刚准备走，突然听到男人又说：“只是我有点儿搞不明白，她为什么说老枪要报复她？”

“老枪？”吴杏雨心里一怔。她准备再多听一会儿，果然，男人又说：“还有一点，她说她梦见棺材和里面的胎儿，这又是指向什么？”男人又接连递给老曹另外几张画。

老曹还是没有说话，他抬起头，似乎准备认真地听着对面男人的分析。

“而且我觉得她对镯子的来历一直闪烁其词，前后矛盾。我始终感觉她的防御心理很重，心底一定还有一些秘密或是问题，至少目前这个阶段她仍不愿意去面对。她现在这种失忆其实是选择性失忆症。”男人语气肯定地说道。

老曹听后频频点头，然后他从身边的公事包里拿出一个文件袋，文件袋的一角贴着“档案”两个字的标签。

看到“档案”两个字，吴杏雨立刻警惕起来。

“她的情况基本都在这里了。”老曹说完起身准备离开。

看到老曹站起身，吴杏雨赶紧离开门缝，快步走到咨询室门口，从门后的衣架上拿起自己的包和外套，急匆匆推门走了出去。

10

外面艳阳当空，刺眼的阳光晃得她睁不开眼。她站在街边招手叫了一辆出租车。出租车司机问明去向，便启动汽车缓缓向市中心驶去，不一会儿，出租车便融入了城市的车水马龙之中。

穿过几条街，来到一条林荫小道，在道路两旁茂密的梧桐树的掩映下，这里似乎少了些许喧闹，汽车在车流中静静地行驶着。在道路尽头，出租车转到了一条较为宽阔的大街，前面就是这里的城市公园。远远地就可以看见公园门前有一组假山石，一帘清水不断从石上倾泻而下，发出阵阵悦耳的声音。

出租车驶到近前，假山石前一个大花坛便映入眼帘。花坛里百花盛开，红的、黄的、白的在绿叶的映衬下千姿百态。

花坛随着出租车的行进向后移去，吴杏雨的目光忍不住追随着远去的花坛，心绪也随之飘到了多年之前的一个春天。

四岁的玲玲左手拉着妈妈，右手拉着爸爸，蹦蹦跳跳地来到一个开满杜鹃花的花坛前。这一天是玲玲的生日，爸爸妈妈特意请了假带玲玲出来玩的。

就是在这里爸爸从随身带的包里取出一个精美的盒子，从盒子里取出一只冰清玉润、通灵欲滴的翡翠手镯。爸爸把它戴在玲玲手腕上，镯子有些大，为了不让镯子掉下来，爸爸把镯子一直撸到玲玲肉嘟嘟的小臂上。

妈妈有些嗔怪地说："她一个小女孩儿，你怎么会想起送她一只翡翠镯子呢。"

爸爸把玲玲抱起来在她粉嫩的小脸蛋上亲了一下，然后认真地说："有人曾经说过，如果可以给玉石赋予生命的话，翡翠就是女人。我希望玲玲长大后可以成为像翡翠一样的女子，坚韧、温婉、通灵、亮丽。"

玲玲虽然听不懂爸爸的话，但她开心极了，咯咯咯地笑个不停。

林雅娴从爸爸怀里把玲玲抱过来，两人来到花坛前，她把玲玲放在花坛沿上，自己站在花坛前，玲玲撒娇地用胖乎乎的小胳膊搂住妈妈的脖子，"咔嚓"，随着快门声一响，爸爸手里的相机记录下这温馨宁静的画面。

“二十五，您是现金支付，还是微信、支付宝？”司机的声音把吴杏雨从回忆中唤回，幸福的笑容还凝固的她脸上。吴杏雨忙付了钱，下车走进了办公大楼。

吴杏雨的公司就在这座高端五星级写字楼里，她来到电梯间，吴杏雨掏出自己的名牌在墙上的智能门禁系统上刷了一下。墙上嵌着的一块小屏幕上即刻显示出她所要去的楼层以及她需要去等候的电梯号。

很快电梯来了。吴杏雨进去后，门便关上了。

电梯里没有按键，一块小屏幕上直接显示着楼层的变化。在吴杏雨公司所在楼层，电梯自动停下，门打开后，吴杏雨走进了公司。

吴杏雨所在的公司占据了这一层的整层，走出电梯便是公司的前台。前台接待女孩儿微笑着站起身冲吴杏雨客气地打招呼，目送她向自己的办公室走去。

吴杏雨所在的公司是一间具有相当规模的股份制集团公司，集团经营范围广泛。吴杏雨所在的部门是专门负责整个集团内外市场营销及广告宣传的子公司，而她则是这个子公司的负责人。

吴杏雨赶回来是要准备客户的一个高端饰品的内部创意说明会。这个客户是公司非常重要的客户之一，所以由吴杏雨亲自操刀。为了能让给客户拍摄的这个时尚大片的创意更精彩，获得客户的认可，她前些天亲自带队去采景，回来后又马不停蹄地与团队一起撰写提案。

今天的这个说明会上她要向公司高层详细讲解她们对客户这个产品的分析，及实地采景回来后针对这个产品提出的创意方向、拍摄想法以及宣传策略。吴杏雨深知这个客户对公司来说的重要性，所以她一刻不敢松懈。

今天这个说明会将决定她的提案能否在公司内部获得高层领导的首肯，高层领导在听取吴杏雨的汇报之后还会召集整个团队就她这个方案进行讨论及头脑风暴，最终集体完善这个方案之后将由公司高层亲自带队前往客户公司，由吴杏雨的团队向客户当面提报方案。

走廊里，吴杏雨遇到了慌慌张张的刘亚楠。刘亚楠抱着电脑，腋下夹着一叠材料，神情紧张地一路小跑奔向会议室。

见到吴杏雨，她赶紧放慢脚步，低眉顺眼地对她点了点头，算是打了招呼。看着她仓皇离去的背景，吴杏雨无奈地摇了摇头。

11

吴杏雨走进会议室的时候，刘亚楠早就把会议提案需要的文件打印好放在会议室每个人的座位前的桌面上。

吴杏雨从容地走到会议室的前方，拿起遥控器按下其中一个键，一块巨大的投影屏幕从会议桌前方的墙面上方徐徐落下，然后她又按下另一个按钮，天花板上一块隔板向两侧滑开，一个设计精巧的投影仪从上面缓缓落下。

吴杏雨打开自己的笔记本电脑，点击启动了里面的投影仪无线网卡，她身后的大屏幕上立刻显示出她电脑上的界面。操作完这一切，吴杏雨环视了一下会议室，看到不仅围绕会议桌的座位上已经坐满了人，连座位后面靠墙摆放的一圈椅子上也坐了不少人。

这间会议室很大，有前后两个门，会议室两头都安装有各种多功能会议设备。吴杏雨今天使用的是投影设备，在会议室对面的墙上还安装有一块大型高清液晶电视墙，用于视频电话会议或是需要高清展示的提案。

刘亚楠此时已经在靠近屏幕的会议桌前坐下，她两只眼睛漫无目的地直勾勾地盯着桌面，两只手紧张地夹在两腿之间，双脚在桌下下意识地不停地抖动着。

看到人差不多都到齐了，吴杏雨把遥控器交给旁边的刘亚楠，请她协助在她提案的时候操控电脑。

刘亚楠这时才缓过神来，神情木讷地接过遥控器。吴杏雨和蔼地微笑着，冲她点了点头，目光中充满了鼓励的神情。随后她把目光转向会场，她淡定地扫视着会场，会议室内的人们随着她目光的扫过逐渐安静了下来。

这时她微微清了清嗓子，面带笑容，语气亲切地说："没想到今天来了这么多人，谢谢大家！希望今天的提案之后大家可以集思广益，共同完善这个提案。"

说完她点头示意刘亚楠，于是刘亚楠按动遥控器开始播放演示文稿，会议室的灯光同时渐渐暗了下来。

首先出现在屏幕上的是几款高端饰品的图片，其中最重要的一款是一只镶嵌有银质花纹的手镯。手镯的主体是翡翠，晶莹剔透，上面镶嵌着精美的银质花纹，银质花纹做工精细，独具匠心。

吴杏雨侃侃而谈，先分析了这几款饰品的特点，结合特点分析了它们的潜在消费者及购买心态，又对比了竞争对手相类似的产品以及它们的各自的优劣势；还分析了市场上存在的潜在威胁以及竞争机会；最后开始了她的创意想法以及宣传推广建议。

吴杏雨的声音清扬婉转，思路条理清楚。她完全没有看背后的屏幕，而是非常自信地如行云流水般地侃侃而谈。她双手轻松地放在身前，时而放慢语速，沉着镇定；时而情绪起伏，做出一些手势；时而从容不迫、落落大方地来回走几步。她的语言时而轻松时而庄重，时而诙谐时而严肃。她的眼睛一直在与会议室里的听众交流着，表情亲切自然，始终面带微笑。她对自己要演讲的内容胸有成竹，整个提案过程潇洒自如。

相比吴杏雨，坐在她旁边的刘亚楠则显得格外拘谨。她身体僵硬地坐在电脑前，拿着遥控器的手甚至有些颤抖。她小心翼翼地操作着电脑，紧张地听着吴杏雨的演讲，跟着她演讲的节奏而翻动着演示稿，生怕自己的操作影响了吴杏雨的演讲。

刘亚楠个子不高，肤色暗淡，相貌普通。因为性格比较孤僻，在她的脸上很难见到笑容，从她那局促的动作和紧张不安的神情中可以看出她是一个极度缺乏安全感的人。

“我们刻意选择西北荒弃的矿区以及广袤的戈壁作为拍摄地点，希望通过这种荒凉、硬朗及粗犷的画风，与我们的产品产生强烈的视觉对比，由此来展现我们新产品的时尚、温婉和精致……”正说到这里，吴杏雨看到会议室后面的门被轻轻推开了，一个熟悉的身影侧身静静地走了进来，又轻轻把门关上。

看到来人，吴杏雨脸上立时绽放出灿烂的笑容，她冲他略微扬了一下尖尖的下巴，以此和他打了招呼，然后继续笑语嫣然地讲解着她的提案。

来人正是张建铭，他一身笔挺的浅灰色西装，西装剪裁合体，线条流畅，穿在他身上挺括自然。西装里面淡粉色的衬衫领口敞开着没有系领带，让他显得更加潇洒、气度不凡。

他冲吴杏雨帅气地微微摆了摆手，便在最后面一排找了一个空位坐下，认真地听了起来。

12

这时，电脑上开始播放吴杏雨之前带队去采景的照片，还有刘亚楠这一路上所画的插画和分镜图，照片和插图都配上了文字说明。第一张照片就把在场所有人的注意力吸引住了。

照片上是广袤无边、渺无人迹的西部戈壁旷野，画面上碧空万里，白云朵朵，茫茫的戈壁滩上布满粗砂砾石，偶尔点缀着几棵耐旱植物，整个画风粗犷豪迈。

随后叠放出另一张，画面上一辆银色长城皮卡和一辆碧蓝色牧马人敞篷吉普车正疾驰在旷野里。吴杏雨绘声绘色的讲演，配合电脑上播放的一张张栩栩如生的画面，大家仿佛身临其境一般。

电脑演示稿一张一张不断变换着画面，凄凉荒芜的废弃矿区、高大阴冷的残破厂房、扭曲断裂的铁轨、杂草丛生半遮半掩的矿道口。最后，一张性感妖冶的女模特的造型图跳了出来。在造型图旁边紧接着跳出了一张性感美艳的女模特照片，女模特的装束和造型图上的完全一样。看到照片上的模特，会议室里的人们全都发出一阵压低声音的议论声。

“在座有些人可能不太知道，我之前曾经做过模特——年轻的时候。”吴杏雨两颊微红说道，“今天的演示我暂时先放了一张我自己之前拍的几张写真照，可以作为我们将来挑选拍摄演员时的参考。”说完她不自觉地看向后排坐着的张建铭，不好意思地莞尔一笑。

听她这么说，张建铭和在座的所有人也都笑了。随后吴杏雨又展示了另外几张自己不同拍摄角度和姿势的照片。会议室里的人们都目不转睛地盯着画面欣赏着美女照片，人们禁不住私下悄悄议论着。

照片上的吴杏雨皮肤白皙细腻，面容俊俏妩媚，秀发垂肩，身材玲珑有致，双腿修长。不知是刻意还是什么，刘亚楠也看得出了神，电脑画面居然就停留在吴杏雨的照片上不动了。

刚开始的时候大家还以为是故意这样安排，为的是让大家多看一会儿。可随着时间一秒一秒地过去，画面仍停留在照片上，会议室里的人们开始窃窃私语起来，会议室里一时显得有些热闹。

吴杏雨看向刘亚楠，刘亚楠好像才醒悟过来，慌忙操控电脑，可是无论她怎么按遥控器或是敲击电脑鼠标，画面就是一动不动。

“死机了吧？”会议室里有人低声问。

吴杏雨也有些沉不住气了，她目光中显露出一丝焦急。刘亚楠更是慌乱了，她脑门上渗出一层密密的汗珠，双手颤抖着，一会儿摆弄着遥控器，一会儿又敲打着鼠标。

就在她无助地看向吴杏雨时，电脑突然像是不受控制般自动跳出一张张画稿：一辆颜色艳丽的MINI轿车在山路上几乎被迎面驶来的卡车撞到，车被撞到路边的山体上，MINI被后面驶来的大卡车撞得飞了出去，车倒扣在路上的车祸现场，被撞翻的车发生爆炸，一个女人披头散发毫无生气地倒在血泊中……

当在场的人看清那个出车祸的女人是吴杏雨时全都惊得瞪大了双眼。画面还在继续转换着，画面上的内容越来越让人感到阴森恐怖：矿洞里的变异老鼠、凶神恶煞的老枪、雕花大床上蚊帐后面掉出来的一只瘦弱的男人手臂、玲玲被杜金明性侵、冷漠呆滞的林雅娴、矿洞中的剧烈爆炸、坍塌的矿洞……

看到这里，在座的人一片惊呼，相互看着，眼神中满是询问和疑虑。吴杏雨像尊蜡像般呆立在那里不知所措，双眼直直地望向张建铭，眼神中充满无助和绝望。当她与张建铭的目光相遇时，顿时满面愧疚地低下了头。

张建铭不知什么时候已经站了起来，他脸上表情异常镇定，似乎发生在眼前的事情再正常不过。他张嘴对着吴杏雨说着什么，可是吴杏雨却听不到任何声音，会议室里人们的惊呼和议论声盖过了一切，逐渐变成协调统一的嗡鸣声在吴杏雨的耳际鸣响着。

吴杏雨仿佛置身于一个空旷无人的大屋子，麻木地看着刘亚楠手忙脚乱地操作着电脑，可是那个该死的电脑就是顽强地不受控制。突然，她好像一下子缓过神来，脸上表情扭曲，一个箭步冲到刘亚楠面前，一把把她推开，“啪”的一下把笔记本电脑合上。投影屏幕上的影像随之也消失，会议室里顿时陷入一片黑暗，吴杏雨耳际的嗡鸣声也立时戛然而止，室内鸦雀无声。

13

茶水间位于这层楼的尽头一端，三面环窗，具有二百七十度无遮挡的全景视野。从这里望出去，繁华林立的高楼，车水马龙的街道，神色匆忙的行人，一切尽收眼底。

茶水吧台上摆放着冷热水饮水机、全自动咖啡机，还有一个茶盘里配有各种饮品包。除了冰箱、微波炉等，还有一个自动售货机，里面各种饮料应有尽有。

茶水间里还配有各种高台矮桌，旁边围着或高脚凳或沙发椅，长条餐桌上和屋角柜边还摆放各种绿色盆栽。这里环境舒适，轻松惬意。

午休时间，几个女孩儿手里捧着形状各异大小不一的马克杯围坐在圆桌旁，在袅袅的咖啡清香中随意开心地聊着八卦。几个男孩子站在高脚桌边嘻嘻哈哈地开着玩笑。

嗡鸣着的咖啡机前，吴杏雨正在接咖啡。她一脸倦容，身体似乎也没有了以前的挺拔。等咖啡的工夫，她百无聊赖地四处看着，无意间透过茶水间的透明玻璃门，看到张建铭手里拿着一个黄色的文件袋正从门口走过，吴杏雨一眼就认出了文件袋上印着的“档案”两个字，她心里莫名一动。

张建铭迎面遇到了刘亚楠，两个人站在一起说起话来。茶水间里窗明几净，玻璃门反光，吴杏雨看不清两个人的表情。两人说着说着，张建铭忽然转头向茶水间看来，吴杏雨赶紧转过头去，假装去看咖啡机。这时咖啡已经接满了，她端起杯子站到茶盘边，在茶盘里翻找着糖包。

“你脸色可不太好啊。”吴杏雨转过头，看到张建铭正笑盈盈地站在她身后对她说。

吴杏雨脸一红，低头微笑着不语，手里把糖包倒进咖啡杯里，又拿起一个小勺搅拌着。

“你的提案真是太精彩了！”张建铭赞叹着。

“还好吧。”吴杏雨有些不好意思，她没敢看张建铭，只是低头问了一句，“你要咖啡还是茶？”

张建铭忙说：“哦，我自己来吧。”说着就动手拿起一个杯子放到咖啡机前。吴杏雨没再说话，站在他身边小口品着咖啡。等张建铭弄好咖啡，便端着杯子向窗边的桌子走去。

张建铭也端着杯子跟了过来，与她一起在窗边坐下。吴杏雨没敢看张建铭，只是一直望着窗外的景色，心情有些起伏不安。

“这些天你累坏了吧，你要多注意休息啊。”张建铭关切地说。

见吴杏雨没回答，又试探着问：“你今天不用加班了吧？”

吴杏雨美目低垂，点点头，心底泛起一丝甜蜜。

张建铭又说：“我妈说想要见见你，想请你晚上到我家吃饭。”

“啊？”吴杏雨抬起头，她有些意想不到，表情紧张地问，“你妈怎么跟你说的呀？”

张建铭温柔地看了看她，然后板起脸，假装严肃地说：“我妈说她想正式认识你一下，所以想邀请你来我家。”看到吴杏雨脸上微微慌乱的神情，张建铭忍不住笑了出来，“哈哈哈，看把你紧张的，没那么严肃，就是一起吃顿饭，顺便商量一下咱们订婚仪式的安排。”

见吴杏雨一脸吃惊的样子，他又补充道：“放心吧，我妈挺喜欢你的。”

“可、可我一点儿准备也没有啊！”吴杏雨还是有些不知所措，“今天就这么去了，会不会太仓促啊？”吴杏雨说完就有些后悔了，自己分明是口是心非啊，她多少次梦见自己被张建铭母亲接受。她一直最担心的就是张建铭母亲怀疑自己故意攀高枝。

从认识张建铭的那一刻起，她就被他迷住了，他不但长相俊雅，身材高挑健壮，还才思敏捷，博学多才，最重要的是他对她的温柔体贴。他虽出身于富商巨贾之家，却没有半点儿富家子弟的纨绔。他温文尔雅，又心地善良，是多少女孩儿幻想中的白马王子啊。

正在想入非非之中，又听见张建铭说：“不用准备什么的，你人去就好了。”

吴杏雨想了一下，嫣然一笑：“这样吧，我先回家换身衣服，总不能穿着这身职业装去见你妈妈，搞得像面试似的。”说着自己呵呵笑了起来，“再说，第一次这么正式见你妈妈，我总要给她老人家准备一份礼物吧。”

张建铭满意地点点头说：“嗯，你说得有道理，还是你懂事。”说完亲热地在吴杏雨的鼻头上刮了一下。

吴杏雨用嘴向旁边的几个女孩儿努了努，嗔怪地瞪了他一眼，说道：“你先走吧，一会儿到城市购物广场门口接我就行了。”

第六章　真相大白

1

出租车在吴杏雨的指点下拐进了一条不宽的街道。街道两边耸立着密不透风的老旧建筑，像火柴盒一样堆砌着，陈旧而凌乱。每幢楼房的底层临街开着各色食肆商铺，店铺上方竖立着密密麻麻、杂乱无章的各式店招和广告牌。

在这里几乎看不到时代的光鲜，似乎一切仍停留在旧时的故事里。狭窄拥挤的街道充满了市井气息，无言地记载着人们最真实的安逸生活。

此刻华灯初上，店铺里已是灯火阑珊，街上人头攒动，接踵擦肩。

吴杏雨慵懒地坐出租车里，出神地望着车窗外那眨眼即逝的景象，忽然觉得有一种熟悉又陌生的感觉。

她努力在自己的大脑深处搜寻着，试图挖掘深埋在那里的曾经拥有的记忆，却发现自己的记忆像是被焚烧过，在灰烬中只留下可怜的一些残片，而这些残片又时常若隐若现，时有时无。

她冥思苦想，刚要抓住记忆的尾巴，它却像泥鳅一样一下子又从指间滑走，她根本无法拼凑出完整的回忆，这让她非常烦恼，又很痛苦。

正是下班时间，本来就狭窄的街道挤满了各色交通工具。各路公交车首尾相接，私家车和出租车络绎不绝，摩托车、电动车在车流里任性随意地穿行。自行车更是我行我素，悠然自得。

吴杏雨坐着的出租车像其他车辆一样忽停忽行地缓慢在街道上行进着。

刚驶出没多远出租车便又停了下来，吴杏雨焦躁不安起来。她不停地看看手表，又看看前面似乎望不到头的车水马龙。

忽然在车流的缝隙中，她看到了一个熟悉的身影，在车流中逆向穿来穿去，正向她这边走来。那人长得干瘦，莫西干造型的头发用发胶整得硬邦邦地在头顶竖立着。涂了黑眼圈的右眼外眼角夸张地描画出一颗黑色的流淌着的泪滴。他光着膀子套了一件假皮坎肩，敞着怀，胳膊上胸口上文有刺青图案。一条破破烂烂的牛仔裤佩戴着乱七八糟的铆钉饰品，脚上一双过时破旧的翻毛皮鞋，一副杀马特朋克的造型。

耗子！吴杏雨心中一怔。耗子正嘴里吆喝着，在南来北往的车流中向司机贩卖着车用香水、挂件等车用小商品。

“他怎么会在这里？”吴杏雨觉得有些不可思议，她眼珠转了转，脑子里飞快地想着。正想再看仔细些，出租车又启动了，车子很快从耗子身边经过。她忙扭头向后看去，耗子的身影渐渐消失在身后的车流中。吴杏雨回过身，静静地坐着，若有所思。

好不容易蹭到下一个路口，出租车又不得不停了下来，吴杏雨心烦意乱，干脆向司机付了钱，便下了车。她站在街口向来的方向望去，道路上除了拥挤在一起的车辆，早已不见了耗子的踪影。

吴杏雨有些怅然若失，又有些心存侥幸，便沿着街边的人行道向前走去。

人行道的地面油腻腻的，吴杏雨有些魂不守舍地走着。不经意间抬头，正好是一间卖肉小铺。肉铺门脸不大，门两边分别是收款台和肉案操作台。店铺里面摆着几张小桌，小桌下堆着廉价的塑料圆凳，有几个客人坐在桌边吃着。

肉案的玻璃橱窗上挂满了一条条肉制品，一个黑胖壮实的男人在肉案后面正操着明晃晃的剔肉刀专心且熟练地剔着。

“二宝？”吴杏雨看得目瞪口呆，“今天真是见鬼了！”吴杏雨百思不解。趁二宝还没有看到她，吴杏雨忙转过脸，快速地从橱窗前走过。

又往前走了一段，突然，从前面横着的一条小巷里冲出来一个人与吴杏雨狠狠地撞在了一起，撞得她险些跌倒。吴杏雨站稳脚跟定睛一看，此人竟是老枪！吴杏雨顿时心狂跳不止。

老枪身穿一件灰色旧T恤，一条工装裤裤脚挽起。他皮肤粗糙黝黑，脑门上皱纹密布，表情蛮横冷酷。他也回头看见了吴杏雨，似乎立刻认出了她。他稍怔了一下，眼皮略微跳了一下。就这么一瞬间，吴杏雨却已经从他犀利的目光后面捕捉到快速闪过的一抹杀念，她吓得赶紧低下了头。

老枪并没有停留，只看了她一眼便迅速地转身跑开。见他跑开，吴杏雨向他逃跑的方向望了望转身刚要走，却与小巷中追出的两名便衣警察又撞了个满怀。

警察顾不上吴杏雨，推开她，直向沿着大街疯狂逃窜的老枪追去。

2

吴杏雨此时更加心神不宁，不由自主地来到一幢旧楼前。她下意识地走进狭窄的楼道，轻车熟路般来到楼梯口，随即盘梯而上，沿着昏暗的走廊来到一个房间门口。她站定后，安抚了一下自己的情绪，便轻轻地敲了敲门。没人应答，门虚掩着，她左右看了看，便推门而入。

房间里收拾得非常干净，家具简朴，布置简单。这个房间对吴杏雨来说实在是太熟悉了，在她的梦里无数次地来过这里。窗前的桌子，挂满照片的墙，还有桌上那个写有“生日快乐，玲玲四岁生日留念”相框。

桌子另一边的大床上，林雅娴毫无意识地躺在那里，她已经成了植物人，卧床多年。

吴杏雨轻手轻脚地走向妈妈，在床边坐下仔细端详着她。林雅娴双眼紧闭，两腮塌陷，苍老衰弱。

看着全身瘫痪一动不动的妈妈，吴杏雨突然觉得心如刀绞般地疼痛起来。她从包里掏出纸巾，轻轻擦拭去妈妈嘴角的渍迹，又用手指轻轻地帮妈妈拢了拢凌乱的头发。

吴杏雨轻轻抚摩着妈妈的面庞，低声抽泣着说：“妈，我是玲玲，我来看你了。”

她忽然想起了什么，她抬起手腕去看，发现一直戴在腕上的那只镶嵌有银质花纹的翡翠手镯居然不见了。她心中一怔，下意识地正要起身去找，赫然看到那只镯子竟然就在林雅娴的枕边。她迟疑了一下，还是把镯子拿了起来，轻抚着，端看着，眼泪不自觉地流了下来。

吴杏雨俯身去端详林雅娴，眼泪扑簌簌地一滴一滴地滴落在妈妈的脸上。林雅娴依旧毫无反应地闭着眼躺在那里。

吴杏雨用手抚去滴落在妈妈脸上的泪水，哽咽着说：“妈，我已经不怪你了，我想通了，真的不怪你了……”

吴杏雨伏在妈妈身上哭泣起来。她心情复杂，自己也不知道是因为后悔这些年对妈妈的冷漠而哭泣，还是被自己因为终于可以原谅妈妈而感动得哭泣。反正她就是想哭，想哭个痛快。

她突然想起什么，停止了哭泣，激动地抬起头，泪眼婆娑地看着妈妈说：“哦，对了，妈，我要结婚了！建铭他妈妈终于接受我了。”她边说边抽出一张纸巾擦着眼泪，止住抽泣，认真地说，“我来就是想告诉你这个。哦，还有，这些年我过得挺好的，你不用挂念。不管是工作、生活还是感情，我想要的一切都有了。我还有什么理由不原谅你呢。”

“啪嗒！”吴杏雨突然听到门外有响动，好像有人进来了。她慌忙放开林雅娴，把镯子抓在手上，躲进了床边昏暗的角落里。

进来的是一个衰老的男人，尖嘴猴腮、瘦骨嶙峋，高高的个子，佝偻着腰。竟然是杜金明！吴杏雨简直不敢相信自己的眼睛。

杜金明把刚买回来的菜随手放在地上，便向床边走去。吴杏雨的目光跟随着他看去，原本床上躺着的林雅娴怎么不见了！

床上空空的，只有被子整齐地卷起放在床头。吴杏雨简直不敢相信自己的眼睛！她用力眨了眨眼再看过去，那张大床不知何时也变成了一张用于病人康复治疗用的病床。

吴杏雨以为自己刚才伤心过度而产生了幻觉，她又使劲闭了闭眼，再睁开看时，眼前的情景更是让她诧异不已。杜金明已经走到桌旁，桌边放着一副折叠起来的轮椅。他从桌上拿起那个相框。咦，相框里怎么不是四岁玲玲与妈妈的合影了？

杜金明拿着装有林雅娴端庄的正面照的相框端详了片刻，又把相框放回到桌上，转身离开了。这时吴杏雨见到那只镶嵌着银质花纹的镯子赫然摆放在相框前的一块白手帕上。吴杏雨忙低头看向自己的手。手腕上光溜溜的，哪有什么镯子！

她完全蒙了，刚才分明把镯子抓在手里的，怎么镯子这会儿又出现在桌上？她努力地克制着自己，不敢让自己发出一点儿声音。

吴杏雨心里正盘算着如何离开这里，杜金明这时又走了回来。他手里拿着点燃的三支香，对着林雅娴的照片恭敬地拜了三拜，嘴里默念着什么，然后不知从哪又变出一个香炉，他把三支香插进香炉里。香烟袅袅中，他站在照片前静默了片刻，随后转身拎起地上的菜出门去了厨房。

吴杏雨赶紧溜出来，悄悄地开了门，带着满心的疑问和不解，头也不回地逃走了。

3

城市购物中心的广场上熙熙攘攘，璀璨夺目的霓虹灯把广场勾画得色彩斑斓。广场中心的音乐喷泉在霓虹灯的照耀下五光十色地随着音乐节奏跳跃着，孩子们在喷泉中跑来跑去，开心地戏耍。几个世界顶尖品牌的旗舰店都落户于此，高大明亮的橱窗尽显尊贵地位。

吴杏雨步态轻盈地从购物中心走出来，她已经换了一身鹅黄色碎花无袖束腰连衣裙，领口低开，裙摆及地，婀娜多姿，飘逸若仙。她手中还提了一个购物袋，里面是她给张建铭妈妈买的礼物。

来到广场边可以临时泊车上下客人的地方，吴杏雨站了下来，这里有不少人在等候。

她伸长了脖子向车来的方向不停地张望着，汽车一辆又一辆呼啸而来又呼啸而去，不断地接人走，送人来，来来往往，接连不断。等了不知多久，天色已经完全黑下来，身边等车的人们几乎走光。广场上的喷泉不知什么时候已经停止喷水，嬉戏玩耍的孩子更是早已不见踪影，周围的霓虹灯也开始暗淡下来，却仍不见张建铭开车过来。

吴杏雨等得心急如焚，一丝不安的感觉从心头滑过。她努力回想着下午与张建铭的约定，她开始怀疑自己是否记错了时间或是地点。她冥思苦想，越想越想不清楚，心乱如麻，开始狂躁不安起来。

这时一辆洒水车驶过来，吴杏雨浑然不知，直到被从头到脚洒了一身水，浑身上下几乎湿透，她才反应过来，冲着驶离的洒水车气急败坏地疯狂大叫。

淋湿的衣服紧贴在身上，吴杏雨更加觉得心慌躁动，这种心慌让她觉得烦躁不已，这种烦躁渐渐地变成极度的恐惧紧张。她在路边焦躁不安地来回踱步，恐惧紧张令她大汗淋漓。不知是汗水还是刚才被洒水车浇的水，顺着头发滴落下来，她感到心脏就在嗓子眼狂跳不止，好像要从喉咙里跳出来一样。

心脏堵在喉头，让她觉得呼吸困难，头晕目眩。就在这时，恍惚间，她看到一辆颜色艳丽小巧的MINI从眼前驶过。

开车的人也看到了路边狼狈不堪的吴杏雨，便把车倒了回来，在吴杏雨身边停下。车窗摇下，原来是刘亚楠坐在驾驶座位上。她身体倾侧过来，一脸关切地问吴杏雨："哎，杏雨姐，你怎么会在这里？"

认清车里的人，吴杏雨有些茫然，脑子里一时反应不过来，她捂住心口，咽了下口水，努力使自己镇定下来，她随口答道："我、我等人呢。"

"哦，那你先上我车里坐一会吧，我是来接我先生的。反正他还没到……"刘亚楠热情地招呼她。

"不用了，谢谢你。他、他马上就到了，不麻烦你了。"吴杏雨谢绝了她，心里仍困惑不解。

"看你，怎么浑身都湿了，快点儿上车吧。"刘亚楠坚持着。

眼前的情景让吴杏雨更加恍惚，这一切好像曾经真实地发生过，但她又觉得哪里不对劲。她越想弄明白反而越来越模糊，越模糊越让她觉得烦躁。她努力克制着自己，僵立在那里。

见吴杏雨仍呆立地原地不动，刘亚楠又接着说："哦对了，你的画稿刚才忘在公司了。我帮你收好了，在我车上，我拿给你。"

"画稿？我的？"吴杏雨心中更加困惑，她茫然地望着刘亚楠，点了点头。

刘亚楠伸手从车后座拎过来一个画夹，笑着递给吴杏雨，嘴里说道："给你。哎，你怎么了？"看吴杏雨还是呆呆地站着，又说，"你看，已经这么晚了，你要不要给接你的人打个电话问问怎么回事啊。”

吴杏雨这才回过神来，忙接过画夹背在身上，又感激地看了看刘亚楠，随后掏出手机背过身去。她调出张建铭的电话号码拨了出去，这才回过头来再看刘亚楠。见她正不解地看着自己，吴杏雨便举着手机向旁边走开几步。手机里响起了熟悉的电话拨通的铃声，与此同时她又听到身后也同时响起了电话铃声，随之电话马上被接通，接电话的人“喂喂”的声音已经到了身边。杏雨心中一喜，转回头看，只见张建铭手里举着手机，一路小跑着向她奔过来。

吴杏雨顿时忘记了刚才的尴尬，用手捋了一把湿漉漉的头发，面露羞红，兴奋地迎了上去，嘴里亲热地叫了声：“建铭……”

谁知张建铭竟用奇怪的眼神看了她一眼，从她身边跑过去，像是完全不认识她。

他径直跑到刘亚楠的车前，拉开车门直接坐了进去。他看着刘亚楠真诚地道歉：“对不起，等急了吧？”刘亚楠从车窗里向吴杏雨摆了摆手，示意再见，便要启动汽车。

这时吴杏雨看到她旁边坐着的张建铭还在对着手机：“喂，喂，哪位？说话呀。”

笑容凝结在吴杏雨的脸上，手机不知不觉地从她手中滑落，跌落在地上。

4

吴杏雨此刻心如刀割，她不顾一切地朝车里的张建铭声嘶力竭地大声喊着："建铭，建铭——"

坐在车里的张建铭奇怪地转过头来看看她，又看了看手中的电话，他似乎明白了，于是慢慢挂断了电话，满脸不解地转头问旁边的刘亚楠："这到底是怎么回事？"

刘亚楠看着吴杏雨的扭曲的表情和怪异的举动也早已瞠目结舌，她前言不搭后语，结结巴巴地回答说："我、我认识，她、她是我新请的插画师，来跟我们那个项目的……她怎么……我也觉得奇怪……"

张建铭越发觉得莫名其妙，眉毛已经拧成了一个疙瘩，催促着刘亚楠："赶紧走吧，别理她了。怎么搞的，是不是碰上神经病了！"

吴杏雨惊呆了，她被眼前突然发生的这一切弄蒙了，她万万没有想到下午还在办公室里对她如和煦的春风般温暖的张建铭怎么一下子对自己视同陌路；刚才还热情邀请自己去家里吃饭商量订婚仪式的甜蜜爱人，竟然对自己如此冷漠无情。怎么会这样？到底这短短的一个下午的时间里究竟发生了什么？吴杏雨搜肠刮肚地想着。

刘亚楠这时已经启动了汽车准备离开。吴杏雨突然回过神来，疯狂地冲了过去，拦在车头前。刘亚楠急忙一个急刹车停住。吴杏雨用力拍打着车头，气得肝胆俱裂，痛不欲生。

她在原地转着圈地想找个什么东西发泄，猛然看到地上的手机，她弯腰捡起来，丧心病狂地用尽全身力气把手机向车窗砸去。

手机重重地砸到车挡风玻璃上，玻璃被砸出一个白色的小坑，像电影的慢动作一样，小坑慢慢地向四面八方裂出了长短不一的几道裂痕，玻璃后面朦胧地显露出张建铭和刘亚楠震憾、惊骇的两张面孔。

刘亚楠首先从震惊中缓过来神来，她看到吴杏雨披头散发像疯了一般的举动，心生恻隐。她忙拉开车门下了车，来到吴杏雨身边，她抱住近乎失去理智的吴杏雨，大声喊着："杏雨姐，你怎么了！你这是干吗？"语气中流露出心疼和担忧。

吴杏雨甩开刘亚楠，一头扑到车头上，挥舞着拳头拼命敲打着汽车机器盖，又用脚不停地踢着车头，嘴里啊啊地嘶喊着。

张建铭从车里探出头来对吴杏雨大喊："你要干吗？你疯啦！"

听到张建铭冷酷无情的喊声，吴杏雨绝望地停止了敲打，趴在车头上痛哭不已。刘亚楠再次拦腰抱住吴杏雨，把她扶了起来，嘴里还不停地说着："杏雨姐，别这样！你到底怎么了？"

吴杏雨站起身失神地望向刘亚楠，发现刘亚楠竟大着肚子，她怀孕了，看样子应该有六个多月了。更让她吃惊不已的是，眼前的刘亚楠怎么竟然长得和自己一模一样？

吴杏雨转头向车窗玻璃望去，看到玻璃上反射出的自己的样貌，她惊得全身立刻僵住。玻璃上映射出的自己竟然是刘亚楠本来的容貌！

她慌乱地围着车转着，在每一块玻璃上看着自己的样貌，而每一块玻璃镜上都确确实实、真真切切地显示着她印象中的刘亚楠的容貌，相貌普通，面如土色，眼神涣散，精神萎靡，愁眉苦脸。

吴杏雨用手捂着自己的脸，异常痛苦地向后倒退了两步。她缓缓抬起头，看向旁边一脸焦急的刘亚楠，那个平时在她眼里不起眼的刘亚楠，那个缩手缩脚神情萎靡的刘亚楠，竟然变换成眼前这个皮肤白皙细腻、面容俊俏妩媚、秀发垂肩的漂亮女人。虽然身怀六甲，身材依然玲珑有致，鹅黄色碎花吊带裙下，一双美腿笔直修长。

她无论如何没法相信眼前的一切，她开始怀疑自己是不是产生了幻觉，于是她用拳头用力敲打自己的头。

刘亚楠见状赶紧过来阻止她，嘴里不停地说："杏雨姐，杏雨姐，不要这样，不要这样啊！"

她试图抓住杏雨胡乱挥舞的拳头，不想身上脸上被她打了几下。

她只得用力抱住吴杏雨，也忍不住哭了出来："杏雨姐，不要这样啊，你这是怎么了？"

吴杏雨突然间像块木头一样没了反应，她任凭刘亚楠把自己拉离了汽车，来到路边人行道上。

吴杏雨目光呆滞地看看刘亚楠，又低头打量起自己。她看到自己身上穿着件洗旧的T恤，外面罩着的冲锋衣已经被水浇透了，土里土气的牛仔裤的两个裤腿湿了一大片。

吴杏雨抱着头痛苦地蹲了下去，她开始不得不接受现实。回想着几天来发生的一切，她似乎开始明白了。她努力把脑海中的记忆残片一片一片拼凑起来，真相完整地浮现在脑海里。

5

下午公司会议室里，刘亚楠一身职业正装，从容不迫、落落大方地进行着演讲。她面带微笑，谈吐既热情又亲切，一双明眸目视着会议室里的每一位听众。她的演讲潇洒自如，语言流畅诙谐，会议室里的每一个人都被她的演讲所吸引，个个听得全神贯注。

吴杏雨身穿T恤衫牛仔裤，坐在刘亚楠旁边，操作着电脑。投影屏幕上一张一张显示着矿区戈壁的照片和她自己画的插画稿。她神情紧张，动作僵硬，努力配合着刘亚楠的演讲节奏，翻动着演示稿的画面。桌子下面，吴杏雨双脚踮起，不自觉地抖动着。

在大家一片热烈的掌声中，刘亚楠结束了她的演讲。此刻的吴杏雨也大大地松了口气。她抹了把脸上挂下来的汗水，拖着疲惫的身躯来到茶水间。

吴杏雨懒懒地把杯子放到咖啡机前，按动了按钮，咖啡机嗡鸣起来，咖啡带着浓香从咖啡机汩汩流进杯子里。

茶水间里窗明几净，透过玻璃门，吴杏雨正要端起咖啡杯，忽然看到张建铭手里拿着一个黄色的文件袋从门口走过，吴杏雨一眼就认出了文件袋上印着的“档案”两个字，她心里莫名一动。

文件袋正中用黑色的马克笔赫然写着“吴杏雨”，这三个字分外清晰、刺目。

张建铭迎面遇到正走过来的刘亚楠。刘亚楠脸色红润，眉清目秀，两只大眼睛顾盼生辉。这时她已经换下了职业装，换上了一件鹅黄色碎花吊带裙，她怀孕的身躯依然婀娜不失妩媚，体态依旧轻盈不失风韵，裙摆下一双美腿笔直修长。

两个人在一起亲昵地有说有笑。张建铭眼中盈满了爱怜，说到动情处，他还用手指亲热地在刘亚楠的鼻头上刮了一下。刘亚楠脸微微一红，向玻璃门里努了努嘴，嗔怪地瞪了张建铭一眼。

吴杏雨终于意识到了这些才是真相。她心里清楚，不管她愿意不愿意相信这一切，这就是事实。这个事实就这样活生生地残酷地呈现在她面前。无论她怎样幻想，她永远也成不了刘亚楠那样的女人。她也只能在梦境里把自己变成她。

现在，梦结束了，自己也应该醒了。可是现实实在是太痛苦了，她揪扯着自己蓬乱的头发，歇斯底里地发泄着。

刘亚楠充满同情地看着吴杏雨，她弯下腰，轻抚着吴杏雨的肩头，安慰着她：“杏雨姐，别这样，你到底怎么了？跟我说说。”

突然间，老枪像从地里冒出来一般，他手里紧握着一把匕首，面目狰狞地向吴杏雨扑了过来。

刘亚楠抬头看见老枪，惊呼道：“杏雨姐，小心！快躲开！”说着想把吴杏雨拉起来。

吴杏雨也看见了老枪，木呆呆地被刘亚楠一拉，便闪到了刘亚楠身后。刘亚楠向后退去躲闪，却踩到身后吴杏雨的脚。此时老枪的匕首已经到了眼前，刘亚楠下意识地挡在吴杏雨身前，老枪的刀此时不偏不倚，正正地戳进了刘亚楠的肚子。

见杀错了人，老枪顾不得拔刀，仓皇逃离了现场。刘亚楠呆住了，她愣愣地看着自己肚子上的刀，又抬眼茫然地看看身后呆若木鸡的吴杏雨，然后身子一软，倒了下去。

这一幕发生得太快了，坐在车里的张建铭还没来得及下车，一切已经结束了。或许他是被眼前这突如其来的一幕吓傻了，他凝滞了，直到看见刘亚楠倒在血泊中才反应过来。他慌忙从车里下来，冲到刘亚楠身边，抱起她，痛苦地呼唤着她的名字："亚楠，亚楠！"

血一汩一汩地从刘亚楠的小腹流淌出来，染红了她身上漂亮的鹅黄色碎花裙，然后迅速地大片大片地在裙子上洇开，像大朵大朵盛开的杜鹃花。

吴杏雨看呆了，她僵立在一旁手足无措。张建铭一声又一声撕心裂肺的呼唤声终于把她从呆滞中唤回，她手忙脚乱地去拉扯刘亚楠，张建铭一把推开她，愤怒地大声呵斥着："你给我走开！"张建铭瞪着她的眼睛里似要冒出火来。

救护车来了，医生不等车停稳便从车上跳下来对刘亚楠紧急抢救。吴杏雨脑子里一片空白，隐约中她听到医生的话："已经没有心跳了，孩子可能保不住了。"

吴杏雨痛苦至极，转身跑开。

天忽然很配合地下起了大雨，雨下得如泣如诉。

大雨有如洒水车般浇在失魂落魄的吴杏雨身上，可她全然不顾，像只落汤鸡般地浑浑噩噩地在雨夜里疯跑。

6

不知跑了多久，她终于累了，步伐沉重地来到一幢三层小楼前停了下来，失神地跌坐在门前的台阶上。此时的她精疲力竭，贪婪地喘着粗气。

大雨依旧无情地浇落下来，吴杏雨的脸上流淌着的已经分不清是泪水还是雨水。

她脑子里一片混乱，她心里感受着从未有过的悲伤。她搞不清楚自己是为刘亚楠难过，还是伤心自己从此要面对残酷的现实。好一会儿，她慢慢站起身，只觉得有些头重脚轻。她努力稳定下身体，抬腿向楼内走去。

吴杏雨跌跌撞撞地走进小楼，鬼使神差般来到一个房门前。吴杏雨缓缓抬起头来，看到门楣上挂着一块牌子——“心理咨询室”。她好像突然醒悟到什么，一下子便扑了过去。她依偎在门上，像是依偎在亲人怀里。她静静地待了一会儿，好像突然想起什么，不顾一切地开始猛敲咨询室的大门。

她一边敲一边用力推，可是门依旧紧闭。她越敲越急，敲得表情扭曲，动作变形，敲得丧失意志，近乎疯狂。她痛不欲生，干脆跪在门口放声大哭。

脑子里刚才那一幕幕像电影一样在她眼前闪过，似梦似真，她完全迷失了。她再次执着地拍打起房门，她觉得她只有进到里面才能弄清楚到底真相是什么。

她终于哭累了，整个人安静下来。人往往在安静的时候大脑才能正常运转。吴杏雨用手背抹去眼泪，开始四下寻找可以撬门的东西，只是寻了一圈也没发现任何东西可用。昏黄的灯光下，楼道里空空如也。她想了一下，便跑出小楼，来到一处窗户前。

此刻天空中的雨已经小了很多，淅淅沥沥地抽泣着。她发现窗户上虽然严实地拉着窗帘，但仍有一条缝隙透出里面的灯光，隐约还可以看见似有人影攒动。她费力地趴上窗台，透过缝隙向屋里看去。

窗内的情形令吴杏雨再次大惊失色。咨询室内的沙发躺椅上，她自己正紧闭双眼躺在那里。这个自己已然完全不是之前那个相貌娇美的吴杏雨，现在这个自己就是刚才在车窗玻璃里看到的自己——样貌平平，素面朝天，衣衫不整，土里土气。那个自己脸上表情扭曲，痛苦地挣扎在自己的梦境里。

她又用力敲打窗户，想把噩梦中的自己唤醒。她把手都敲得生疼，奇怪的是她居然听不到任何敲打的声音，更别提唤醒窗内的自己。

这时天空中再次电闪雷鸣起来，顷刻暴雨瓢泼。雨水浇在吴杏雨的身上，让她再次冷静下来。

她不断地变换着位置，让自己找到更好的角度可以更好地巡视着窗内的一切。

她终于看清了，在离窗户很近的一张办公桌前，心理咨询师此刻正坐在那里。他背对着窗户，手里拿着一叠画稿，一张一张翻看着，他不时在笔记本上认真地写着什么。

吴杏雨觉得他的背影异常熟悉而亲切，自从看到他的背影那一刻起，她便觉得自己的内心顿时安静了许多。吴杏雨又轻轻拍了拍窗户，心理咨询师似乎听到了，他站了起来，转身向窗外看过来。在他转过来的一刹那，吴杏雨看清了，她惊得张大了嘴。心理咨询师竟然是张建铭！吴杏雨不敢相信自己的眼睛，她眨了眨眼再次定睛看去，真的是他！吴杏雨的心开始狂跳起来，差点从扒着的窗台上掉下去。

张建铭走到窗前，把窗帘的缝隙撩开向外看了看，又仰起脸朝天上看了看。他似乎并没看到窗外的吴杏雨，他伸展了一下手臂，活动了一下腰身，随后又回到办公桌后坐下，继续翻看着吴杏雨的画稿。

窗帘被张建铭打开了一些，让吴杏雨可以更好地看清室内的情形。吴杏雨的目光随着张建铭向办公桌看去，发现刘亚楠居然正坐在张建铭对面，也在仔细地翻看着一些画稿。他们两人不时地交换着画稿，小声讨论着，两人的表情都非常严肃。

“刘亚楠？她怎么会在这里？她刚才不是……”吴杏雨有点儿想不明白，可是又不敢再细想，她盯着他们手上的画稿仔细看着。

那些画稿吴杏雨再熟悉不过了，那都是她自己一张一张画出来的。这些年来她习惯了孤独，她不愿意与人交流，心里的话都会用画来诉说。

这时她看到张建铭拿起一张画稿，递给刘亚楠。隔着窗户，吴杏雨清楚地看到画面上，十三四岁的玲玲坐在床上，手里捧着爸爸的遗像，眼泪不停地滴落。

这幅画让吴杏雨觉得像有一只无形的手在自己的心脏上用力地捏了一下。她的心痛得令她浑身不禁一抽，她一屁股跌坐在窗下，泪水瞬间模糊了眼前的一切。

7

玲玲六岁的时候，她最最亲爱的爸爸被查出患上了脑癌。不出几个月，爸爸便因癌细胞扩散撒手人寰。

爸爸临走前，虚弱地拉着玲玲的小手，对床边已经泣不成声的妈妈有气无力地嘱咐着："答应我，你一定要加倍疼爱玲玲，我走之后就少了一个疼爱她的人。"说完他便再也说不出话了，没过多久，床头的监视仪上的曲线逐渐变成一条直线。

妈妈不顾一切地扑到他怀里失声痛哭，欲罢不能。幼小的玲玲不明白妈妈为什么会这么痛苦，她只觉得爸爸好像睡着了。

懂事的她用小手帮妈妈抹去眼泪，安慰着妈妈："爸爸太辛苦，他要睡觉了，咱们别吵醒他。"

妈妈转过身一把把玲玲揽进怀里，哭得更伤心了。

爸爸离开后，玲玲成了妈妈生活的全部。她无微不至地照顾着玲玲，包办了玲玲的一切，舍不得让玲玲受半点儿委屈。

玲玲上学了，为了让玲玲多睡一会儿，妈妈给熟睡的玲玲穿好了衣服才叫醒她。妈妈每天下班回来想的就是换着花样为玲玲做她爱吃的饭菜，吃完饭陪在玲玲身边看她做功课。玲玲哪怕有一点儿不懂的地方，都会为她耐心恳切地讲解辅导。妈妈对玲玲提出的问题永远都不会厌烦。晚上睡觉前妈妈还会给玲玲洗脸洗脚，甚至把牙膏都挤在牙刷上才叫她来刷牙。

在玲玲的印象里，妈妈会为她做一切事情，而且一切都应该是妈妈做的。玲玲幸福地想当然地享受着妈妈的爱，可是这一切在玲玲十三岁那年发生了变化。

那年，妈妈林雅娴经人撮合与同事杜金明谈起了恋爱。

自从跟杜金明相好后，林雅娴似乎整个人开朗了许多，脸上也越来越多地有了笑容。可是玲玲却发现妈妈对她的态度有些不一样了。妈妈似乎不再时时刻刻陪在她身边了，有时候还会逼玲玲自己做一些事情，尤其是那个杜金明到家里来的时候。

比如吃完饭的时候，妈妈竟然让她洗碗。本来不都是你洗的吗？怎么突然让我洗了？

还有，好几次妈妈吃完晚饭就把玲玲一个人留在家里做功课，自己和那个姓杜的出去了。玲玲因为功课没做完第二天被老师当着全班同学的面批评，玲玲哪里受过这样的委屈！

玲玲觉得这一切都是因为那个姓杜的，而暗自恨上了他。她觉得自己有必要采取一些措施把这个讨厌的人赶走。

有几次他到家里来，玲玲主动倒茶给他，趁妈妈不注意，她偷偷在他的茶里撒一把盐。看着他表情痛苦地把茶喝下去的样子，玲玲觉得特别开心。

还有一次，玲玲在他的鞋里偷偷放进一颗图钉。见他穿上鞋龇牙咧嘴的样子，玲玲觉得无比解恨。

可是玲玲每一次对杜金明的报复都会换来妈妈一次比一次狂躁的暴怒。玲玲把妈妈的这些变化全都怪罪到杜金明身上，她认为就是这个男人抢走了她的妈妈。其实杜金明对玲玲也挺好的，他默默忍受着玲玲的作弄，但玲玲心里觉得那是他在耍阴谋诡计，目的就是为了从她手里抢走妈妈。

一年后妈妈竟然真的要和杜金明结婚了。妈妈告诉她这个消息的时候，玲玲沉默了。

林雅娴的家虽然是筒子楼，但房间还是比较宽大，里面还有一个套间。房间做了简易的装修，隔出了客厅和另外一个小房间。房间虽小，但布置简洁，因而并不显局促拥挤。

林雅娴和杜金明没有大张旗鼓地张罗婚事，只是在结婚那天，林雅娴穿着一身崭新的中式礼服，和杜金明在家里招待亲朋好友一起吃了顿饭。

那天，当人们在客厅里热热闹闹的时候，谁也没有注意到玲玲一直默默躲在自己的房间里。

林雅娴已经逐渐习惯了玲玲的沉默，她一直以为玲玲青春期变得不善与生人打交道。或许是玲玲懂事地在自己房间里做功课，妈妈真的是这么想的。

杜金明曾经到玲玲的房间里来看过她，被玲玲赶了出去。杜金明什么也没说，悄悄地回到人群中，看着林雅娴幸福地接受着众人的祝福。

玲玲一个人坐在床上，手里捧着爸爸的遗像，默默地看着。照片上的爸爸慈祥地看着她微笑着，眼神中好像在询问玲玲为什么不高兴。玲玲越是看着爸爸的照片，心里越是难受。她不由得把手腕上的镯子取下来，捧在手里端详。

这是爸爸送给她的礼物，一只细嫩润滑，通透清澈，完美无瑕的翡翠镯子。爸爸曾经说希望她就像这个镯子一样纯净剔透、完美无缺。

这时候的玲玲越发想念爸爸，想到她再也不能拥在爸爸宽阔温暖的怀里，再也不能听到爸爸慈爱温润的声音，想到再也不能让爸爸给她照相，再也不能像别人家的孩子那样坐在爸爸腿上撒娇……所有的一切都再也没有了，玲玲的眼泪一颗一颗滴落到爸爸的遗像上。

房间外面的客厅里，欢声笑语一阵阵传进来。玲玲听而不闻，她一直坐在床上，捧着爸爸的遗像，抚摩着爸爸送给她的镯子，泪珠无声地滴落。

8

没多久，玲玲逃学了。林雅娴知道玲玲逃学这件事的经过比玲玲逃学这件事本身还让她觉得万箭穿心。

那天，她去参加玲玲的家长会，匆忙赶到玲玲学校的时候还是迟到了。她悄悄推开教室的后门走进去的时候，班主任正在侃侃而谈。林雅娴只想赶快找到座位坐下，也就没注意听班主任正在说什么。

班主任此时看到了迟到进来的林雅娴，突然气恼的班主任老师竟然像训斥学生一样训斥起她来。林雅娴当时站也不是，坐也不是，尴尬异常。

最后那个班主任居然还当着全班其他家长的面说："这位就是那个我刚才说的经常旷课的学生家长，开家长会都迟到，这就是榜样啊！难怪孩子有这样的表现。"

林雅娴当时觉得自己像被当众扒光了衣服一样无地自容。

玲玲害怕面对同学，她总觉得妈妈和那个男人结婚对她来说是一种羞辱，她不想成为同学的笑柄。此后她找了个网吧，一躲就是一天。

吃完晚饭，林雅娴和杜金明在厨房洗碗的时候商量了一下，决定与玲玲认真地谈一次话。

本来林雅娴是想了解一下玲玲逃学的真实目的，但因为生气说出来的话在玲玲听来却像是质问："说说看吧，为什么旷课？"玲玲没说话。

林雅娴压住心中的火气又问："你每天照样背着书包出门，都去哪儿混了？"

旁边的杜金明轻轻拉了一下林雅娴。但这个小动作却被玲玲看在了眼里。她斜了他一眼，嘴里小声嘟囔了一声："恶心！"

"你说什么？你再说一遍？"林雅娴听玲玲居然这么回答自己，气不打一处来。

玲玲突然不知哪儿来的一股勇气，大声对着妈妈说："跟他结婚你不觉得丢人吗？我在同学面前都抬不起头来！我去哪儿了，我还能去哪儿啊？我就差找个地缝钻进去了！"

"啪！"林雅娴一巴掌狠狠地打在了玲玲的脸上，这是她有生以来第一次打她。

玲玲愣住了，半晌没回过神来。杜金明赶紧过去把林雅娴拉开，让她在床上坐下，还给她倒了杯水安慰着她。然后他转过身看着玲玲，嘴唇嚅动半天，最后终于严肃地对玲玲说："你怎么可以这样对妈妈说话。"

玲玲恨恨地盯着他看了一会儿，又看了看床边气得浑身发抖的妈妈，咬牙忍住就要落下来的眼泪，猛然转身摔门而去。

这一晚玲玲没有回家，这是她第一次离家出走。

第二天，一夜未眠的杜金明终于在一家网吧把疲惫不堪的玲玲找了回来。

筒子楼最大的缺点就是每家都不可能有秘密，家长里短，锅碗瓢勺，谁家里有个风吹草动，不出片刻，全楼道无人不知无人不晓了。

玲玲逃学的事，还有她夜不归家的事，也像长了翅膀一样，飞遍了宿舍楼里的每一个角落。

楼道里的公共厨房更是家长里短闲言碎语的发源地和集散地。玲玲家的事跑不了就成了这段时间的话题。

"知道吗，玲玲为了老杜跟她妈翻脸了。"

"是吗？不会吧？"

"哎哟，那天她家里都吵翻啦！"

"……"

"哎，你不觉得吗，那玲玲和她家老杜有几分相像呢，会不会是……"

"哟，你这么一说，还真是啊。他俩一直一个单位的，早就认识，说不定还真是那么回事呢。"

"……"

"一般来说，这父母如果太优秀，这孩子都好不了；父母一般人，孩子倒能出个优秀的。"

"像林老师吧，就是太正统，所以她家玲玲……"

"……"

很多事情被他们传着传着也就变了味，生活中似乎总少不了喜欢在背后偷偷摸摸议论别人的事的那么一些人。对这些人来说，这是他们的生活乐趣，必不可少的娱乐形式嘛。

等话传到林雅娴耳朵里的时候，早就升级了好几个版本。等传到玲玲耳朵里时，很多话已经不堪入耳。玲玲当然要把所有这些都记到杜金明头上，她和妈妈所遭受到的嘲讽和流言蜚语还不都是起源于他！

玲玲继续逃学旷课。她每天照样背着书包出门，然后躲进网吧一待就是一天。在网吧她认识了一个外号叫老枪的小混混。

老枪比她大两岁，他非常同情玲玲的遭遇，常常安慰玲玲。他说出来的一些话，在玲玲听来无比温暖，从此玲玲便与他形影不离了。

自从和老枪在一起，再也没有人随便欺负玲玲，玲玲觉得在老枪身上似乎有爸爸的影子，可以保护她。

9

心理咨询室里，躺在沙发椅上的吴杏雨醒了。她睁开了双眼，看了看自己，又看了看四周，见到张建铭和刘亚楠正坐在办公桌前翻看着自己的画稿，还不时地议论着。她竖起耳朵仔细听，却听不清楚。

见他们两人正全神贯注于手中的画稿，并没有留意到自己已经醒来，吴杏雨便悄悄坐了起来，趁两人不备蹑手蹑脚地走到窗前，躲在窗帘后面认真地听着两人的谈话。

“逃学旷课其实是一种病理现象，学习压力大和家庭矛盾是两大导致学生逃学的因素。据调查，这两种因素占到总逃学原因的75%。”她听到张建铭心情有些沉痛地说。

“她逃学是属于家庭因素。她害怕面对同学，担心被人耻笑。”听了他的这番话，吴杏雨心中不由得产生一种感激之情。她微微扒开窗帘看向他们。突然，张建铭站了起来，向躺椅走了过去。吴杏雨顿时紧张起来，两只手都攥出了汗。

“糟了，他看不到我可怎么办？”吴杏雨焦急地直冒汗，却见张建铭对着空无一人的躺椅仔细观察了一会儿，便又回到办公桌前坐下，然后神色凝重地说：“多次逃学的学生往往会养成习惯性逃学，其结果就会导致最终辍学。”

吴杏雨仔细回味着张建铭的话。

“你再看看这几张。”张建铭边说边递给刘亚楠几张画。

吴杏雨忍不住探出头看去，这几张画的是在一个酒吧里，一片红灯酒绿，觥筹交错，舞裙摇曳。一群男男女女在舞池里疯狂地扭动自己的腰肢和臀部，有人眼神迷离，有人神态暧昧。

其中一张画的是玲玲和老枪、二宝、耗子几个人坐在酒吧的卡座里。桌上有几只空酒瓶，还有倒满了酒的几只酒杯。几个人在喝酒抽烟，画面上的玲玲嘴里也叼着烟。

看到这些画稿，吴杏雨觉得自己的心咚咚咚地狂跳起来。这时张建铭指着这张画说道：“辍学的孩子非常容易与违法犯罪发生关系。因为他们离开学校后心理上会产生与集体越来越疏远的感觉，他们更容易对学校、老师，甚至同学产生抵触情绪，这就是为什么孩子一旦脱离学校就很难让他们再主动回去的原因。”

“犯罪？”吴杏雨心里又是一惊，“我犯罪了吗？”她努力克制自己的疑问，逼迫自己用心听下去。

“所以这就自然而然为坏人提供了教唆犯罪的机会。”这是刘亚楠的声音。

吴杏雨不自觉地往窗帘后又躲了躲，听见张建铭又说：“你再看这张。”吴杏雨好奇地又悄悄探头看去，画面上玲玲穿着露脐短T，几乎遮不住屁股的超短热裤，腰间还有一个怪异的刺青。玲玲的头发染得五颜六色，脸上化着浓重的烟熏妆，嘴唇上涂着夸张的血红色唇膏，一副非主流不良少女的叛逆打扮。

吴杏雨悄悄撩起衣襟，看到自己腰间那个怪异的刺青图案尚依稀可见。她觉得脸有些发烫，不想再看，也不想再回想，但心还是被强烈地触动了。

“青春期的孩子本身自我意识就会增强，而像她这样，家庭里发生如此大的变化，使她比其他青春期的孩子会更加敏感。一点点小事都会让她产生缺失感和劣等感，从而性格变得非常孤僻。”听张建铭这样说，吴杏雨突然觉得心生委屈，眼眶随之湿润起来。

“你看她的打扮，”张建铭端起茶杯喝了口茶，接着又说，“这个时期的孩子虚荣心也是比较强的。母亲再婚后，她觉得自己不再是家庭的中心，觉得自己被冷落了，所以她会表现出用这种夸张、怪异的装束来吸引眼球，哗众取宠，目的就是要把人们的注意力，特别是她母亲的注意力都吸引到她身上来。”

听到这里吴杏雨泪眼蒙眬，她觉得张建铭的话说到她心里去了，她确实觉得妈妈从开始与杜金明相好那时起就与自己渐行渐远了。

妈妈再婚后，她与妈妈之间甚至再也没有任何亲近的举动，不是她不想与妈妈亲近，她曾经也像以前一样在妈妈怀里撒娇，可是妈妈好像不再喜欢她这样，总说她长大了不能再这样。这分明不就是妈妈想对自己疏远吗?

“还不是因为那个男人！为了那个男人，她居然抛弃了我。”想到这里，她鼻子一酸，眼泪哗哗地流了下来，同时一股恨意由心底涌了上来。

10

忽然，窗外雷声大震，一道闪电把窗外照得雪亮。躲在窗帘后的吴杏雨赫然看到玻璃窗外面一张泪流满面的脸！她定了定神，仔细一看竟是自己！窗外的自己也看到了她，一边哭着，一边冲她比画着。

吴杏雨把耳朵贴近玻璃，朦朦胧胧听见外面的自己在说着什么，可惜声音断断续续的，她听不清楚。

这时，房间里传来张建铭的声音："她的这个心理阴影，应该还有更深层次的问题。"

吴杏雨疑惑地看向窗外的自己，轻轻摇了摇头。窗外的自己张嘴说："不能全怪他。"这回她居然听到了，声音很清晰。

"那怪谁？"她对窗外的自己做出这几个字的嘴型。

"但不管怎样，起因还是她继父的突然出现。"刘亚楠的声音。

吴杏雨似乎有些明白了，她心里想："不怪他，难道还怪我吗？"脸上不由得露出怨恨的表情。

窗外的吴杏雨看到她的表情，着急地拍打着玻璃。屋内的吴杏雨忙冲她摆手阻止了她。

"她父亲去世后，她母亲对她有些过度宠爱，致使她在遇到问题时不愿意独自去面对，总是觉得别人都有欠于她。这说明她的心理素质严重缺失。她很容易就会极端地看待生活中一些不如意的事情，甚至仇视周围的一切。这样她与社会越来越脱节，越脱节她就越觉得无助。这种无助和挫败感在她心中越来越被无限地放大，最终导致她走上极端之路。"张建铭的声音再次传来。

吴杏雨听着，陷入沉思中。

过往的画面又来了——

老枪是个本来就长得面相凶狠的人，加上他平时装束上敞胸露怀，故意露出胸口和胳膊上的大片文身，而且他说话做事一副天不怕地不怕的劲头，在一群小混混当中自然就被奉为老大。这些小混混是这一带出名的古惑仔，成天没事找事，在大街上滋事扰民。

酒吧里，老枪和二宝耗子正搂着几个女孩儿相互劝着酒，这间酒吧是他们常常光顾的地方。老枪搂着玲玲，他端起一杯酒送到玲玲唇边，满脸坏笑地看着她。玲玲一脸冷酷，只要是递过来的酒全部来者不拒，豪爽地一仰脖直接倒入口中，引得旁边几个古惑仔一直起哄叫好。

“孩子一旦在家里或是学校里遇到挫折，他们会很自然地希望有朋友可以依靠。她这时选择朋友的标准就是看谁能无时无刻地跟她在一起，谁能陪伴她，谁能听她倾诉，谁能站在她的立场上为她说话，这就是为什么她一下子就与老枪那些社会小混混走到了一起。”

张建铭的声音又传入她的耳朵。她觉得有些头疼，不想听，于是她用手捂起耳朵。

这时窗外的自己又在敲打窗户：“不应该怪他！”她的声音钻进她心里。

杜金明突然出现在酒吧里，他四处张望，很快就发现了正和老枪等人混在一起的玲玲。他上来一把打掉玲玲手上的烟，二话不说，拽起玲玲的胳膊就往外走。

耗子和二宝见状，同时撒开身旁的女孩儿，冲过去挑衅地拦在杜金明前面。老枪坐在原地没动，但他的脸色却越来越难看，目露凶光。

杜金明的大手抓着玲玲的两只手腕，扯着她绕过二宝和耗子向门外走去。杜金明虽然瘦弱，但他毕竟是个成年男人，玲玲的疯狂挣扎在他面前都显得束手无力，更何况他是下定了决心要把玲玲带走呢。

玲玲见挣脱不了，便张开手指拼命在杜金明的胳膊上胡乱抓挠着，嘴里还不停地喊着：“你臭流氓！你放开我！”杜金明的胳膊甚至脸上都被她挠出了几道血印子。

玲玲的手腕被镯子硌得生疼，她更加拼命地抵抗，终于一只手挣脱了他的大手。但由于用力过猛，玲玲的胳膊控制不住地甩到旁边的柱子上，手腕上的翡翠镯子“啪”的一声被撞碎。打到柱上的手痛得她头皮发麻，她顾不得痛也顾不得看镯子，趁杜金明一愣的工夫，在他手臂上狠狠地咬了一口，杜金明惨叫一声松开了抓着玲玲的手。

玲玲一边揉搓着挥打到柱子的手，一边寻找打落的镯子，当她看到地上镯子的碎块时，便气急败坏地大叫起来。杜金明深知玲玲有多珍爱这个镯子，他也没想到镯子会被碰碎。脸上顿时一沉，忙蹲下准备去捡。

谁知他刚蹲下，老枪拎着一个酒瓶子走到了他身后，朝他脑袋上就是狠狠一下。酒瓶敲击在杜金明的头上，迅速迸裂，碎片四溅，紧跟着一股殷红的鲜血从他头顶冒出，顺着他的脸流下，滴在肩上，染红了身上的白衬衫。

玲玲轻蔑地看了眼流血的杜金明，嘴里愤愤地说了句：“活该！”便弯下腰把碎镯子一块一块地捡了起来，收在随身斜背着的一个小包里。

11

“镯子！他把我的镯子打碎了，他居然把我心爱的镯子打碎了！”吴杏雨心里愤恨地呐喊着，同时看向窗外的自己。

窗外的吴杏雨流着眼泪摇着头。

“镯子其实是你自己不小心打碎的。”窗外的她对自己说，吴杏雨希望自己没听到，但她的声音却直接钻进了自己心里。

“那是爸爸留给我的唯一纪念。”她感觉自己的心在滴血。爸爸送给她这个生日礼物时说，希望她能像这个镯子一样完美无瑕，希望她长大以后做一个像翡翠一样的女人。

妈妈经常用爸爸的话提醒她，每次做错事妈妈批评她的时候都会提起这个，让她不要让爸爸失望。她经常拿着镯子思念爸爸，只有把镯子捧在手心里的时候，她才觉得她是和爸爸妈妈在一起的，这个家才是完整的。

“他把爸爸给我的镯子打碎了，他让我不完美了，他让我做不了爸爸想让我成为的女人。他把我们的家也彻底打碎了，他就是罪魁祸首！我恨他，我一辈子都不能饶恕他！”她眼里充满哀怨与愤怒。

窗外的自己满脸泪水，冲她拼命摇着头。

屋内的吴杏雨完全无视，眼中冒出愤怒的火花。

酒吧里看场子的几个小弟看到这边有人打架，都围了过来。见到满头满脸都是血的杜金明正摇摇晃晃地准备站起身，几个人看了看杜金明，又看了看手中还握着断裂的酒瓶瓶颈的老枪，随即明白是怎么回事，便欲上前拦住老枪等人。

“谁也别想走！你们打伤人了！”

“快打110报警！”

“等警察来了解释清楚再说，别到时候怪到我们酒吧头上。”几个小弟七嘴八舌地说着。

老枪见势不妙，三下两下推开围观的人夺路而逃，二宝也趁机溜了出去。

杜金明从一个酒吧服务员手中接过她递来的一条毛巾，捂在头上的伤口上，另一只大手有力地抓住玲玲的胳膊：“你跟我回家！”杜金明语气坚定，不容商量，说完拉着玲玲就向外走。

玲玲被他连拉带拽地离开了酒吧，心中对杜金明的怨恨积聚着，膨胀着，心中暗下决心：“以后你别想再有好日子过！”

回到家里，玲玲怒气冲冲地回到自己房间，砰的一声把门摔上。她把门反锁上。走到桌前，她气哼哼地拉开椅子，一屁股重重地坐到椅子上生起了闷气。想想自己沦落到今天，还不全都是这个杜金明害的。

“一定得想个办法把这个杜金明从这个家里赶出去！”这么想着，玲玲反倒心情渐渐平静下来，两个小眼珠滴溜溜地转动着，大脑也开始飞快地思考。

吴杏雨此时眼角露出阴冷的一道寒光，她再次看向窗外。窗外的自己还在拼命敲打着窗户，冲着屋内的吴杏雨又是摇头又是挥手，极力想阻止她。

“不是这样的！”她的声音又一次钻进吴杏雨的心里，“你好好想想，回家以后他们都做什么了？”她的声音在对自己说，“你其实都知道的，你一直在门后偷听他们说话来着。”

吴杏雨厌恶地看着窗外的自己：“我怎么可能会偷听他们说话！根本没有，他回到家就对我图谋不轨，妈妈竟然熟视无睹！太过分了！我恨他们！”吴杏雨无法相信外面那个自己说的话，“你被雨浇昏头了吧！”她在心里愤恨地说。

窗外的自己居然听到了自己心里的话，更加焦急了，她瞪着眼睛对自己摆手：“不是这样的，这都是你自己乱想的，你记错了！完全不是这样的！”她的声音又钻了进来。

看着窗外的自己一脸急不可耐的样子，她忽然犹豫起来。

“我记错了？我自己乱想的？等等，让我再好好想想。”这几句话在她心里转悠起来。

“他从来没有让你不完美，真的。其实他一直都在努力想让你更完美。他做的那些坏事其实都是你臆想的，你该清醒了。”她的声音还在不停地钻进吴杏雨的心里。

她有些犹豫，再次陷入冥想中。她觉得自己掉进一个空空落落的空间里，感受不到周围的一切，思绪飘忽不定，身体也随着思绪摇摆起来，逐渐地，眼前又陷入一片黑暗，只听见耳畔空气的声音在嗡嗡作响。

12

玲玲刚进门的时候，林雅娴本想好好问问她这么晚去了哪里。谁想玲玲直接冲进房间反锁上了房门。

看着玲玲紧闭的房门林雅娴正不知所以，便见满头满脸都是血的杜金明跟了进来。林雅娴吓坏了，顾不上问就慌乱地到处翻找着棉花纱布。

“到底发生什么事了？怎么会这样？”她一边帮他处理伤口，一边喃喃自语。

“没什么大事。”杜金明敷衍着，“玲玲呢？”他小声问。

林雅娴冲玲玲的房间努了努嘴，随后追问他到底发生了什么事情。

杜金明简单地说了一下事情的经过，林雅娴没等他说完便腾地站起身准备去敲玲玲的房门：“这孩子越来越不像话了！不行，这事得让她说清楚，非得好好管管她了，再这么下去还了得了！”

杜金明一把拉住她：“你别冲动，这事不能这么简单处理，我们得好好想个办法跟她谈谈。”他让林雅娴在沙发上坐下，两人开始商量如何解决玲玲现在的这种叛逆行为。

“玲玲小时候真的不是这样的。她爸爸临走前还拉着她的小手跟她说请她替爸爸好好照顾妈妈。虽然那会儿她才六岁，可是她好像全都明白，还一直劝我不要太伤心，不然爸爸会放心不下的。自从她爸爸去世之后，她变得特别懂事，特别听话。”林雅娴说到这里，忍不住两行热泪扑簌而下。杜金明忙揽住她的肩膀无声地安慰着她。

沉默了一会儿，杜金明开口了：“这事我觉得可能也不能完全怪孩子。我们或许有做得不妥的地方。”

林雅娴抬起泪眼，不解地看着他。

杜金明惨淡地笑了一下说：“或许都是因为我吧。”他说着把林雅娴的手握在自己手里，“在我介入你们娘俩儿的生活之前，玲玲的世界里只有你一个亲人。她爸爸的过早离世，让孩子的心里有一种父爱的缺失，所以你就是她的全部。而我的突然出现，可能让孩子觉得我把她的妈妈抢走了……”

林雅娴突然捂住了杜金明的嘴，带着哭腔柔声说道：“你千万别这么想，不是这样的。”

杜金明轻轻拿下林雅娴捂在自己嘴上的手，爱怜地看着林雅娴说：“站在玲玲的立场上，确实就是这么回事。你想想啊，她已经失去了爸爸，现在她又等于失去了妈妈，她接受不了这个现实。”说着，杜金明不由得叹了口气，“唉，孩子也不容易，挺可怜的。”

“那我们应该怎么办呢？”林雅娴又开始无助地啜泣起来。两人一下子都陷入到沉默和思考之中。

过了一会儿，杜金明深吸了一口气，像下定了决心似的坐正了身体，面对着林雅娴说：“我们一起好好检讨一下，想办法跟玲玲好好沟通，我们必须帮玲玲渡过这个困难时期。”

林雅娴深深地点了点头，用询问的眼光看着杜金明，问：“那你说我们到底应该怎么办啊？我都听你的。”

“我想我们最好能带她去做个心理咨询。”杜金明建议道。

“你是说玲玲有精神病？”林雅娴有些不高兴了。

杜金明刚要解释，突然，从玲玲的房间里传来她歇斯底里的大叫声。林雅娴和杜金明不由得一惊，紧张地相视看了一眼，起身向玲玲房间冲过去。

玲玲的房门从里面反锁着，两人用力敲着房门。

“玲玲，玲玲！你开开门，到底怎么了？发生什么事了？”林雅娴担忧地大声问，但房间里只有玲玲一阵阵的撕心裂肺的哭声。

无论林雅娴和杜金明如何劝说，玲玲只是在里面哭喊，一直都没有打开房门。就这样僵持了约半个小时，突然大门外传来敲门声。

林雅娴忙去开门，打开门的一瞬间，林雅娴怔住了。门外站着两个警察还有另外两个社区的义工，几个人表情严肃。

林雅娴困惑地问：“你们找谁？”

“这是林雅娴家吗？”其中一个警察问道。

“是啊。你们找她什么事？”林雅娴不解地问。

“我们接到报案，有未成年少女遭到性侵，我们是来调查取证的，请你配合一下。”警察冷冷地说着，就要往房间里进。

这时，门外已经聚集了很多围观的邻居，把门口堵得水泄不通，人们都伸长了脖子向屋里探望着。

听到警察说到性侵两个字，人群中立刻响起一片嘈杂的议论声。林雅娴是个爱面子的人，为了减小影响，她只得把警察和义工让进屋里，随后关上了屋门。

第七章　拨云见日

1

警察等一众人进来后便跟随林雅娴来到玲玲房门口，林雅娴敲了敲房门，这时玲玲已经听到了门外的动静，从里面把房门打开。房门打开的刹那间，众人被眼前的景象惊呆了。只见玲玲的上衣被扯破，脸上、胸前及大腿上有几道明显的被狠狠抓挠过的血红的指甲印。

再看屋里，更是一片狼藉，床上的枕头被子都被扔在了地上，床单也被扯掉一半，桌子和椅子都被撞得东倒西歪，地上正中间散落着被摔碎的镯子。

“你、你这是干吗？这、这到底是怎么回事？”林雅娴张口结舌地问道。旁边的杜金明也是一头雾水。

警察一看现场，心里便有了数。他没有理会林雅娴，径直走到玲玲身边开始询问。

“请你描述一下事情发生经过，都是怎么回事，说得越详细越好。”

“我、我被他……呜呜呜……”玲玲刚一开口便泣不成声。

“你冷静一下，详细说说，你这么哭哭啼啼的怎么说呀。”警察冷冰冰地说。

于是玲玲便对警察哭诉着详细讲述了杜金明如何在她正在做功课的时候进来调戏她，又如何把她搂在怀里欲施暴于她，甚至还详细地描述了母亲居然视而不见，就坐在床边看着，完全不去制止云云。

她讲得声泪俱下，椎心泣血，在场的人无不为之动容，几名社区义工听后都流下了眼泪，个个义愤填膺，双拳紧握，愤怒地看向杜金明和林雅娴。

玲玲的描述令杜金明讶然失色，一句话也说不出来。

“这怎么可能？这分明是胡说八道！玲玲你怎么可以编出这样的谎话？！”林雅娴愤怒地否认着，同时两眼责怪地怒视着玲玲。

“我没问你的时候，请你不要说话。”警察立刻阻止了林雅娴。

“欺负你的人在现场吗？”警察问。

玲玲含泪点了点头。

“你能指认一下吗？”警察问。

玲玲抹了把眼泪，用手一指杜金明，愤恨地说：“就是他！”眼中怒火中烧。

见到玲玲这样的指认，杜金明和林雅娴全都目瞪口呆，说不出一句话。玲玲斜眼看着杜金明，眼光中露出复仇的快感。

林雅娴冲过去抓住玲玲的胳膊摇晃着说：“玲玲啊，你是不是气糊涂了，怎么可以血口喷人呢？”

这时另一名警察过来，把林雅娴从玲玲身旁拉开。

林雅娴不禁大喊起来：“这孩子可能是有精神病了，刚才我们还在商量要带她去看医生呢。”

警察强行把林雅娴和杜金明推出了玲玲的房间，另一名警察和义工一起又询问玲玲一些细节，并认真仔细地做着笔录。

询问结束之后，警察从房间走出，来到正垂头丧气坐在沙发上的林雅娴和杜金明面前。

“请你配合去派出所一趟，交代一下事情经过。”

杜金明觉得自己此时百口莫辩，他神情低落，只深深地看了一眼林雅娴，什么也没说。警察和义工带着玲玲和杜金明一起走出了林雅娴家。

众人离开后，林雅娴呆坐在沙发上，浑身不停地颤抖着，她甚至忘了关上房门。门口仍聚集着不少围观的邻居，众人交头接耳，议论纷纷，多数人表示对此难以理解。也有人说话难听，说杜金明不是好东西，甚至还有人说林雅娴与杜金明根本就是沆瀣一气，狼狈为奸。

有好心的邻居进来劝慰林雅娴，关切地询问到底发生了什么。

林雅娴突然清醒过来，她猛地站起身，不由分说把好心的邻居连推带搡地赶出门外，然后砰的一声把门重重地摔上，把那些闲言碎语全都关在了门外。

关上门后的林雅娴痛不欲生，她精神上受了极大的刺激。她无论如何也不能相信自己的女儿竟会做出这样伤天害理、平白无故诬陷他人的事情。“亏她想得出来！”她想到这儿，突然大笑起来，笑着笑着，又忽然悲从中来，她伤心而认真地哭了起来。

深夜，玲玲先回到家里。

一见到玲玲，林雅娴气就不打一处来，她愤怒地冲进女儿的房间，质问玲玲为什么要陷害继父。

玲玲神情冷漠，两眼喷射出两道怨毒的寒光，大声责问：“他就是一个臭流氓！离开男人你会死啊？”

林雅娴万万没有想到从女儿的嘴里可以说出这样的话，她被气疯了。“啪！”随着清脆的一声，林雅娴一巴掌狠狠地打在了玲玲脸上。此起彼落，玲玲的脸上顿时显现一道红红的掌痕，火辣辣地烧灼起来。

玲玲被打得一下子愣住了。片刻之后，她突然爆发，一把推开林雅娴，冲出了家门。

2

窗外的雨还在哗哗哗不停地下着。窗内的吴杏雨泪如雨下，她回想着当初的一切，觉得这种回忆令她痛彻心扉。窗外的吴杏雨心疼地看着她，她也痛苦地闭上了眼睛，任凭雨水浇在自己头上身上。

屋内的吴杏雨此刻心痛如割。她抱着头，揪扯着自己的头发，她不能再回想下去了。这种回忆令她感觉自己正在被拖进一个无底的黑洞，黑暗开始不停地吞噬着她的一切……

狭窄的楼道里，一片黑暗，楼道里灯形同虚设，从来就没亮过。玲玲摔门出来之后就在黑暗中气急败坏地跑向楼梯。心里就一个念头：离开那里！

“玲玲，你给我站住！”身后的黑暗中传来林雅娴追赶的声音……

吴杏雨努力想摆脱这些画面，她站起身跺着脚，她把自己的后背向墙上摔打。“不要不要不要！我不要再想了！”吴杏雨在心中痛苦地呐喊着，但是一切都无济于事，那些画面像着了魔一样在她的脑海里翻腾着，一幅幅越来越清晰地展现在眼前。

她想嘶喊，但喊不出声。她想逃离，但脚下像是灌了铅一般沉重，完全挪不动步……

玲玲完全无视身后的林雅娴，继续往前跑，冥冥中她感觉自己此生注定要逃离林雅娴。

她对妈妈的情感已经从不满上升到怨恨，她甚至怀疑自己到底是不是她亲生的。此时她更加想念爸爸，她相信如果爸爸还活着，一定不会是这样的。

她多么希望能再见到疼爱自己的爸爸。她突然有一种念头由心底腾然升起：对，我要去找爸爸！

刚跑到楼梯口，黑暗中她脚下踢翻一盆什么东西，差点让她滑倒。“妈的！人倒霉喝口凉水都塞牙！”她心里又暗暗诅咒了一下那个邻居。正要下楼，却被林雅娴从身后一把拽住。

玲玲回过身，甩开林雅娴的手，在黑暗中两眼射出怒光，咬牙切齿地说：“你放开我！你让我走！我再也不想见到你！”

林雅娴迈步拦在玲玲面前，她又拉起玲玲的胳膊，嘴里坚定地说：“你跟我回家，咱们把事情好好说清楚！咱别在楼道里拉扯，咱家的脸面已经快丢尽了！”

玲玲哪里听得进，拼命甩动胳膊试图摆脱林雅娴的手。由于用力过猛，把林雅娴带得站立不稳，她的脚向旁边不自觉地挪动了一步，正好踩到刚才被玲玲踢翻而撒了一地的什么东西，顿时脚下一滑，另一只脚刚想平衡身体，谁知竟一脚踩空，一头栽下了楼梯……

吴杏雨双手紧紧捂在双眼上，泪水顺着她的指缝滑落。

多少年来，这个场景一直重复出现在她的噩梦中，妈妈在黑暗中的身影一晃栽落的一幕似乎将永远定格在她的脑子里。

她一直以为那是噩梦，醒来就不再去想。又有多少次她都幻想着她伸出手一把拉住了正要跌落的妈妈。可是这样的情景在她的梦里从来没有出现过。

“可是，这能全怪我吗？”脑子里这个念头一闪，她收住了眼泪，目光又现出那种坚毅和倔强。

这时窗外的吴杏雨又拼命拍打窗户，想阻止她的这个念头，可是这个念头忽然间像被鬼神附体般挥之不去了……

黑暗中一切都是那么寂静，玲玲愣了好一会儿，她听不到楼下有任何动静，于是她悄无声息地摸索着下了一段楼梯，在转弯处她用脚探索着，并没有发现林雅娴。

她又继续往下走，来到下面的楼层，刚踩下最后一级台阶，她的脚忽然触碰到软绵绵的一团东西，她的心一下子紧缩了起来。她从兜里摸索出手机，借助小屏幕微弱的光线，她看到林雅娴一动不动地歪斜着身子躺在那里。

这回她是真的害怕了，彻底不知所措。她呆立在那里，脑子里完全没了主意。她轻轻碰碰林雅娴，没有半点儿反应。

“死了？”她怕极了。渐渐地，她开始憎恨起那个邻居，心里再次把邻居的祖宗十八代问候了个遍。

“这么没有道德水准，自私自利，为什么要把那盆东西放在楼道，难道你不知道楼道是公共场所吗，你干吗不把自己家东西放在自己家里？！”

她越想越恨，双拳紧握，怒目圆睁。然后她又用脚尖去碰碰林雅娴，还没有反应。她心里开始怪罪起来：“谁让你追我的？谁让你打我的？你要不找那个姓杜的，能有今天这事吗？还不是你自找的！”

想到这里她冷静了下来，她觉得有些心安理得了，她完全没必要担心，这根本不是自己的责任啊。用手摸了摸林雅娴的脉搏，似乎还有微弱的跳动。她直起身，头也不回地向楼外跑去。

3

窗外的吴杏雨在雨中放声大哭，她心里的一个念头把她折磨得痛不欲生："如果我不是执意要逃离家庭，妈妈是不是就不会摔下楼？"

窗内的吴杏雨同样表情痛苦，她的情绪剧烈起伏："我又不是故意的，再说了，难道她自己就没有责任吗？"她心里挣扎着。

"她的这个情况，我觉得属于比较典型的选择性失忆，也叫心因性失忆症。"忽然不知从什么地方传来了张建铭的声音。

吴杏雨停止回忆，侧耳倾听。

"这是一种选择性的反常遗忘现象。患者曾经发生不堪回首的重大事件而产生部分性或选择性遗忘。

他们暂时将记忆从大脑中解离，使其不出现在意识中。这种选择性的遗忘，可通过催眠的方式来恢复。"

"催眠？我被催眠了？遗忘？我遗忘了什么？"窗内的吴杏雨有些困惑。她求助般地看向窗外，却发现那个自己不知什么时候已经不在那里了。

正在纳闷之际，赫然发现她竟坐在了张建铭的位子上，正在全神贯注地翻看着画稿。

刘亚楠此时也不知去向。于是她放心地从窗帘后面走出来，坐在了刘亚楠的位子上，两眼盯着对面的自己看。

这时对面的自己抬起头来，冷冷地看着吴杏雨说："是你让妈妈摔下楼梯的，然后你不顾她的生死，扔下她就跑了。"

“我、我没有。”吴杏雨立刻否认。

“妈妈当时生死未卜，你就没想过弃她而去的后果吗？那可都是你一手造成的啊！”

“哪儿有的事！”

“你刚才还在回想这件事呢！”

“我怎么不记得有这种事！”

“那是因为你希望那件事从来没发生过。”

“有时候拥有记忆实在是件痛苦的事！”

“可抛弃的记忆并不代表真的没有发生过。你这是自欺欺人。”

“我……我真的记不清了。”

“你可能确实忘了，但这不可能完全从你的记忆中抹去。”

“我掉进了记忆黑洞。”

“你把那些不堪回忆的东西都深埋在里面了。”

吴杏雨不说话了，她低头沉思着。屋里的灯光忽明忽暗起来，突然又传来张建铭空旷的声音：“梦境里林雅娴出现在矿洞里，形象邋遢、阴暗，举止怪异，这都是她对母亲由怨恨而生的折射。”

吴杏雨慌忙四下看去，房间里光线昏暗，四周空洞洞的，张建铭声音的回声还没有散去，拖着长长的尾音。她有些奇怪，看向对面的自己，发现自己从容地看过来。

“你恨妈妈吧？你是不是觉得她疯了？”

“难道你不恨吗？”

“你一直希望你走后妈妈会发疯般地找你，一直不停地找你，对不对？”

“……”

“但你又希望她永远也找不到你，这样你就可以让她痛苦，让她难受，对吧？”

“我……”吴杏雨脸上挂满了泪水。

这时房间里某个角落再次传来心理医生张建铭的声音，声音依旧空旷遥远，带着散不去的回声：“她无意中将母亲推下楼梯，在她少年时期的心里留下了无法抹去的阴影。愧疚和罪恶感一直在折磨着她，但是她倔强偏执地认为那是母亲咎由自取，她用这种心理暗示的方式寻求自我心理安慰。”

“你到底是谁？你为什么要这么说我？”吴杏雨一下子站了起来，对着声音的方向大声斥责着。

轰的一声，窗外忽然传来一声闷雷，她吓得一哆嗦，双手捂住耳朵，紧紧闭上了眼睛。

过了一会儿，她慢慢睁开双眼，突然发现房间变得无限空大，只有她一个人孤零零地站在这个昏暗的看不到四边的空旷的黑屋子里。

“你把自己后来犯的所有过错都归咎到妈妈身上了！”吴杏雨突然发现窗外那个自己一下子又出现在自己眼前，双眼责怪地紧盯着她。

“你以为我想这样吗？你怎么不想想我是被逼无奈！”

“你这是在给自己找借口。”

“你以为这些年来我过得舒心吗？”吴杏雨觉得有多少张嘴也说不清楚自己这些年来的委屈，便失声哭号起来。

窗外唰唰唰的雨声传了进来，听见雨声，她四处寻找窗户，却感觉四面的墙离得很远很远，她根本看不到。

吴杏雨哭得越厉害，外面的雨声就越大。她终于哭得精疲力竭，渐渐地睡着了。

4

醒来之后，她发现自己躺在租住的房间里，房间内光线昏暗。她摸索着打开床头的台灯，“啪嗒”一声，灯虽然打开了，可是光线并没有改变。她心中充满好奇，四处看着。

她想了一会儿，还是没想明白，于是干脆起身走进了卫生间。

卫生间里装饰简陋，洗漱台面上水迹斑斑，原本白色的洗手盆已经泛黄，边上挂着几道暗红色的锈迹。台面上方一块大镜面上蒙着一层薄薄的水雾，镜面破裂了，一大道裂痕从斜上角直直地贯通到斜下角，镜子里的她的形象被裂缝切开，模模糊糊地半边高半边低地错了位。她随手拿起台面上的一块干巴巴的脏布擦拭着镜面，然后往旁边挪了一步，这时她看到了自己清晰的形象。

这是一张十五六岁少女的脸，可是一双原本应该清澈见底的眼睛只剩下漆黑两个深洞，这个年龄本应该柔软饱满的嘴唇却是干裂苍白。

还算端正的五官上写满倦容，像一朵正在凋谢的花，在这张脸上完全看不到这个年纪本应该拥有的天真和幸福，有的只是幽怨、萎靡和冷漠。

突然，门“咚”的一声被撞开了，把她从杂乱无章的思绪中带回。她定了定神，把蓬乱的头发胡乱抓起用橡皮筋绑在脑后，走出卫生间。

她看见老枪正坐在床沿上抽着烟，便向他走去。老枪虽然也不过十八岁左右，但长年混迹街头，已是一身略带沧桑的江湖气。

她跟老枪要了一支烟用牙咬在嘴里，随手拿过老枪嘴上正叼着的烟，把烟点上，贪婪地深深吸了一口。

老枪把她嘴上的烟夺了过去扔在地上，用脚蹍灭，然后一把把她抓过去，一个翻身便将她压在身下。她一点儿没有反抗，只是木然地躺在那里，任凭老枪扒掉她的衣服，然后在自己身上纵情驰骋……

她仰面躺在床上，看了看身旁的老枪，他已经睡熟，鼾声如雷。于是她从床上下来，爬到床边的破旧的沙发上，双臂抱着膝盖蜷缩在那里，木然发呆。

慢慢地，她的眼眶湿润，一大颗晶莹的泪珠滴落下来，紧跟着又是一颗，再后来泪珠就像断线的珍珠般一串串滑落。

自从那天夜里离开家，到底过了多久她已经没有什么概念了。她只记得那天她一口气跑到大街上，然后就漫无目的地走着。那会儿夜已经深了，街上几乎没什么行人，不知不觉中她来到了火车站，在临时候车室里，她找了个安静的角落坐下。

不知过了多久，她被人拍醒。

“姑娘，起来起来，别在这儿躺着。”候车室的工作人员正挨个儿把候车室躺在座椅上睡觉的人叫起来。

她坐了起来，揉了揉眼睛。此时热闹拥挤的候车室的坐椅上横七竖八地半躺半坐着各种睡姿的人们。几个工作人员正分头把完全躺下占着几个座椅的旅客一一拍醒。

“你去哪儿啊，把你车票还有身份证拿出来看看。”拍醒她的那人问她。她没说话，站起来向外走去。

火车站的主建筑上的大钟指针已经指向一点，广场上仍旧人头攒动。她来到一个昏黄的路灯下，靠着灯柱在台阶上坐下。

虽然已是深夜，广场四周的商店里依然灯火通明，有些商店里还在用自动喇叭播放着叫卖声。不时有或匆忙或慵懒的人们拖着或背着行李从她眼前走过。

刚才冲动之下的怒气已经消去，她开始思考今后的去向。那个家她是肯定不想再回去了，也不能再回去了。可是自己一气之下冲出家门，什么也没拿，现在身无分文，该去哪里呢？

她可以在火车站凑合熬过今晚，可是明天呢？想到明天，她心底又冲起一股怒火，都是他们害自己没有了明天。想着自己前路渺茫，心中万分委屈，泪水又不停地流了下来。

等她再次醒来时东方已经泛白。虽然是夏天，但夏末夜晚的微风还是充满凉意，她不禁打了个寒战。

随着天空逐渐亮起来，马路上又开始了一天的喧嚣，行人和车辆都逐渐多了起来，她不能再坐在路边了。想了想之后，她掏出手机，拨通了老枪的电话……

“过来，宝贝，到我这儿来。”老枪不知什么时候醒了，躺在床上色眯眯地招呼着，把她从回忆中唤醒。

5

夜，黑沉沉的，像无底的深洞伸向无尽的远方。街上空荡荡的。

老枪、二宝和耗子骑着摩托车在街道上呼啸驶过。老枪的后座上驮着玲玲。二宝和耗子的后座上也各自带着个打扮得花枝招展的女孩儿。几辆摩托车轰鸣着肆无忌惮地在路中间飞行，接着转过弯驶到一条空旷的街道上。

远远地，他们看到街角一个衣着讲究的中年男人正在扶着树呕吐。老枪随即放慢了车速，后面几辆车也跟着慢了下来。来到男人近前老枪把车停了下来，即刻被一股刺鼻的酒气和呕吐物的酸腐气熏了个正着。

老枪手捂着口鼻向后面的二宝和耗子使了个眼色，二人即刻会意，下了车向男人走去。

耗子走到男人跟前，故意撞了他一下。男人醉得很厉害，完全没有意识到眼前的局面的不利。

男人抬起一双醉眼看了耗子一眼，醉醺醺地转过来揪住耗子的衣领，二宝立刻上去推搡了他一把，嘴里不干不净地骂了起来。男人被他推了几下，脚跟不稳便扑通一下摔倒在地。

对面街边停着的一辆轿车上这时下来一名孕妇，她神情焦急地看向这边。她刚想走过来，看见醉酒男人晃晃悠悠地扶着树又站了起来，她又犹豫了。

老枪又用手肘捅了一下身后的玲玲，玲玲会意，便骗腿下了车来悄悄走到男人身边。二宝和耗子你一下我一下地对男人推推搡搡着，嘴里骂骂咧咧，吸引着他的注意力。玲玲趁机伸手在男人的衣服口袋里摸出一个鼓鼓的钱包。

马路对面的孕妇看到这里，冲男人大喊一声：“有小偷！”说着便不顾一切地向男人这边跑过来。男人听到女人呼喊，似乎清醒了许多，他一翻手抓住了玲玲拿着钱包的手，另一只手欲夺回钱包。玲玲用双手死死抱住钱包不放。

这时二宝和耗子一个抓住男人的衣领把他揪扯开，另一个对他拳打脚踢，玲玲趁机拿着钱包回到摩托车旁冷眼观看。

此时怀孕的女人也已经冲到几个人当中，她先是试图帮助丈夫，见打不过，回头看见站在一边的玲玲，便疯了一般扑过去，欲抢回丈夫的钱包，嘴里还不停地大喊：“抓坏人哪！有人抢劫啦！来人哪，救命啊！”

玲玲闪身躲避着女人，不想却被孕妇一把扯住了头发。玲玲被揪得生疼，大声叫起来，便和女人撕扯在一起。撕扯中，玲玲手里的钱包掉在地上，孕妇松开玲玲便去捡。

老枪这时沉着地从摩托车上下来，他走过去一把将怀孕女人推开，玲玲趁机捡起钱包。

男人见女人倒地，不知哪来的力气，抡起拳头重重地打在二宝的脸上，二宝的脸顿时开了花。男人随后推开吓得面如土色的耗子向女人扑去。

老枪这时从裤兜里摸出一把折刀弹开倒握在手里，不慌不忙地向男人缓缓走去。他阴笑着一边向男人走去一边把刀在手里飞转玩弄着，眼中却是杀气毕露。

老枪走到这对男女面前时，男人刚刚把女人扶了起来，老枪猛地把刀向男人捅了出去。女人清清楚楚地看到了老枪手里的刀，尖叫着护在了男人身前，老枪的刀正好刺中了孕妇。孕妇捂着肚子倒在地上，鲜血不停地涌了出来。玲玲被眼前的情景吓得惊恐地大叫起来。老枪、二宝和耗子见状连忙跨上摩托车。老枪叫了几声玲玲，她都像没听见一样，捂着耳朵闭着眼，不停地跺着脚尖声大叫。

此时已经有几个路人向这边跑来，老枪他们顾不上玲玲，发动摩托车一溜烟地逃走了。

救护车很快就来了。躲在围观人群后面的玲玲从人缝中向里张望着，医生对血泊中的孕妇紧急抢救。随后孕妇被抬上急救车，车呼啸着离开了。

医院的急诊室里，玲玲悄悄地在病人和家属的人群中穿梭着，逐一查看着每一间诊室。在走廊尽头的手术室门口，她突然看到那个醉酒的男人垂头丧气地坐在长椅上等待着。这时手术室的门打开了，男人抬起头来。玲玲慌忙躲进墙角。

“……已经没有胎音了，孩子保不住了……”她隐约听到这么一句，医生的话还没说完，就被男人一声尖锐的拖着长腔的悲哀的长啸打断……

玲玲觉得头皮发麻，一身冷汗，腾的一下坐了起来。她环顾四周，这才发现自己原来在租住的房间里，蜷缩在破旧的沙发上。玲玲的耳畔仍在回响着尖锐的警笛声，她惊恐地捂住了自己的耳朵。刚才这一幕是怎么发生的？她完全错乱了。

6

吴杏雨把捂在耳朵上的手拿开，慢慢睁开眼睛，四下一片昏暗，耳鸣声还在嗡嗡作响。她目光呆滞，心绪乱如团麻。

她看到桌面上的一叠画纸，便走到办公桌前缓缓坐下。从笔筒里抽出一支笔，想了想，就在纸上画了起来。

玲玲在黑漆漆的矿洞里摸索着，她觉得无比的孤独和无助。矿洞里开始奇怪地下起了雨，雨水打在玲玲的脸上，渐渐地打湿了身上的衣服，很快玲玲就被雨水淋得湿透了，玲玲脚踩着地面的积水一步一步向矿洞深处走去。

一道闪电照亮黑暗的矿洞尽头，清晰显露出一具小棺材浸泡在地上的积水里。

矿洞似乎在震动，有些地方开始坍塌，一具小棺材被坠落的碎石砸翻，跌落在玲玲眼前。

棺材盖子被摔开了，里面掉出一具胎儿的尸体。胎儿双目紧闭，双拳抱在胸前，身体蜷缩着，像是待在母体子宫里的样子。

吴杏雨拿着自己刚刚画好的画端看着，一抬头，看见窗外那个自己此时又坐在了对面。她默默地把自己的一只胳膊伸到吴杏雨面前，她看到她的手腕上有几道伤疤。吴杏雨又看向自己的手腕，发现同样的位置，有几道一模一样的伤疤。

对面的自己眼光中闪烁着怜爱的目光，心疼地对吴杏雨说："这些年你一直寝食难安，你有睡眠障碍吧？"

吴杏雨痛苦地说："我睡不着，我怕做梦。"

"你多久没睡过觉了？"

"很久了，记不清了。"

"你看你肤色暗沉，那么重的黑眼圈……"她说不下去了，眼中闪着泪花。

她痛苦地闭上双眼，脑海中浮现出一幅画面。

在一间简陋的卫生间里，吴杏雨痛苦地蹲在浴室的花洒头下，任凭冷水浇着自己。她手里握着一块碎玻璃，慢慢地割开手腕，手腕上的皮肉随着碎玻璃的划过渐渐翻开，殷红的鲜血流淌出来，顺着手腕滴在地上，快速地融进地上的水里，很快被花洒淋下来的水冲开，随着水流向地漏流去。

吴杏雨精神又恍惚起来，她突然觉得头重脚轻，眼前再次化为一片黑暗。她努力想睁开双眼，却发现眼皮沉重，使劲睁也睁不开。

这时一男一女的对话声从远处传来，声音空阔。

"她觉得对自己的罪行或过失负有责任，因而产生了强烈的不安、羞愧和负罪感。"男人的声音。

她心生好奇，顾不上眼前的黑暗和沉重的眼皮，索性闭着眼睛认真地听了起来。

"有内疚感说明她良知未泯。虽然她不一定承认过失或罪责，但其实她内心挺煎熬的，一直在受到良心和道德的谴责。这种长期的负罪感和愧疚，就像毒药一样侵蚀着她的灵魂。"男人接着说。

“你是说她的噩梦其实是从那个时候才真正开始的。”女人的声音传来。

吴杏雨觉得这两个人的声音都很熟悉，继续侧耳倾听。

“那件事确实对她造成了极其强大的精神压力。这种负疚使她长期生活在压力、紧张和痛苦中而不能自拔，最终导致她产生抑郁，想要逃避摆脱这种折磨。”男人说。

“她平时情感很淡漠，性格孤僻，不太容易接触，所以也没什么朋友。对自己的生活一直都守口如瓶，谁也不知道她住哪里。”女人说。

吴杏雨又好奇起来：“他们说谁呢？”

这时她听到男人笑了一下，说：“是啊。不过应该好好感谢你，幸亏你心细，发现她有些不对劲，带她来到我这里。”

“我就是觉得她上班的时候经常恍恍惚惚的，而且感知迟钝。我有一次在茶水间看到她接开水，水都溢出来了，流到她手上她居然都没反应。那可是开水啊！”

吴杏雨似乎有些明白他们好像说的都是自己。

“是啊，这样的人常常会表现出情绪消沉，坐立不安，好像对什么都没有兴趣，终日愁眉苦脸，忧心忡忡的。”

“没错，我就是发现她平时不太爱动，没事的时候总是一个人坐在电脑前发呆，不是一般的发呆，你明白我意思吗？就是近似于痴呆那种。我怀疑她可能有自杀倾向。”

“自杀？！”吴杏雨听到这里吃了一惊。

“这也是选择性失忆症其中一个典型症状。”

吴杏雨猛地坐起身。

7

吴杏雨从梦魇中挣扎着醒来，她呼吸急促，脑子里更加纷乱不清，“选择性失忆”“自杀”这几个字一直在她脑海里回响着。

她从躺椅上坐起身，脑子里回想着刚才的一切，搞不清到底是做梦还是现实。她忽然想起了窗外的那个自己，于是忙向窗外看去，只见窗帘密实地拉在一起。她又向办公桌看去，根本没有张建铭和刘亚楠。

“刚才都是梦吗？”她琢磨不透，于是又环视了一下整个房间。感觉房间里的光线比刚才似乎明亮了一些。她抬眼看见对面靠墙有两个书架，上面放满各种书籍杂志。

她来到书架前随手拿起一本书翻看着，忽然听到有人说话的声音，她这才看到书架旁是套间的房门，说话的声音正从那里传出来的。她轻手轻脚走到门边，透过敞开的缝隙往里看。

“老曹？”吴杏雨缩了回来，躲在门后心中暗想，“真的是他？这到底怎么回事？”

吴杏雨又小心向里看去，老曹果然是坐在宽大的办公桌边在说话：“老枪被抓捕后，依据刑法犯故意伤害罪判了他十年有期徒刑；二宝和耗子也先后被抓，判了两年有期徒刑。吴杏雨当时还不满十八岁，因偷窃和扰乱社会治安，被送进了少管所，她在那里待了三年。”

吴杏雨又缩回身，若有所思。她还是忍不住想再看清楚些，于是轻轻地把门缝推开了一点儿，这时她看清老曹对面坐着张建铭。

这时张建铭说：“看来她是在举报老枪之后，担心老枪报复她，所以始终惶惶不可终日，这一切都映射在她的梦里，她总是隐隐地觉得老枪、二宝一直在追杀她。”

“你说得有道理。”老曹对张建铭点点头，“她来我们那儿之后，我们发现这姑娘性格非常孤僻，不与任何人交谈，常常一个人发呆，一待就是一整天。”老曹说着从档案袋里抽出几张纸递给张建铭，接着说道，“她貌似从那个时候开始就失忆了。关于她的身世，像父母、住址、学校什么的怎么问都问不出来。”

听到这里，吴杏雨心里像是被什么捅了一下，她愣住了。她心里很矛盾，想继续听，又觉得双腿发软，有些站立不稳。

她疲惫不堪地回到躺椅上躺下，双眼直勾勾地望着天花板，不一会儿又觉得眼皮沉重，昏昏睡去。

昏暗的角落里，她蜷缩在破旧的沙发里。老枪自从那天跑了之后已经好几天没露面了，不知去了哪里鬼混。

这几天来，她一直被那血淋淋的场面纠缠着，闭上眼睛就是那孕妇捂着流血的肚子，眼睛直勾勾地瞪着她的画面。她好像得了幻听症，常常听到那个男人在手术室外的哀叫声，那撕心裂肺的哀号又转瞬就被刺耳的警笛声取代。

自从那天过后，她就活得心惊肉跳。她不是梦见死胎被吓得半死，就是梦见在街上走着走着就被警察突然拷走。

几天来她几乎没有吃什么东西，眼泪也早已哭干。心底一直有一种声音在对自己说着什么，可是还没等她捕捉到意思，那声音就一闪而过消失了。这声音搞得她更加心神不宁。

她拖着虚弱的身体走进卫生间，镜子里的自己形如枯槁，哪像十六岁，完全像六十岁啊。她轻轻抚摩着自己的脸，试图对着镜子笑一下，可是却怎么都笑不出来。她觉得有些不可思议，又试了几次，她终于发现自己完全不会笑了！

“你应该去！”这次她终于清楚地听见心里那个声音了。她愣了半晌，声音没再出现。于是她开始脱衣服，然后打开水龙头，站在淋浴花洒下面。水是凉的，不过没关系，这样可以清醒一些。

“应该去哪儿？”她心里问，没有回答。

她晃了晃脑袋，把水开到最大，冷水冲得她浑身一激灵。洗完澡，她擦干头发。

“你应该去！”那个声音又清晰地出现在耳边。

“去哪儿？”这次她脱口问出了声。屋子里静静的，还是没有回答。

她麻木地擦干身体，麻木地换好衣服。她下意识地又拿出另外几件换洗衣服，随手装进背包，然后又把洗漱用的牙刷牙膏放进一个塑料袋也一起放进背包。准备妥当，她把背包背好，自言自语道：“好吧，那就去吧。”

走到门口，她留恋地看了看，一咬牙终于走出了家门。

街上热浪袭人。她走得浑浑噩噩。她也弄不清走了多久，便鬼使神差般地来到一个大门口。她抬眼一看，竟是当地的派出所！她吓了一跳，掉头就往回走。

“你应该去！”那个声音再次响在耳边，她一下子又站住了。她缓缓地回过身，看见一个警员正从里面走出来，看见她傻傻地站在那里，脸上露出怀疑的神色。警员从她身边走过，眼光一直没有离开她，最后一步三回头地离开了。

她低下了头，咬了咬嘴唇，终于慢慢地挪动着沉重的双腿向里面走了进去。

8

她被送进看守所的时候已经是后半夜了。看守所的样子她以前只在电影里看过，可这里完全不像电影里那种有上下铺的监房。

这是一间大约宽三米高五米的大房间，门开在房间的一头。从门边的墙开始，一张大通铺一直顶到对面的墙根，墙后面便是厕所。从进门便是通铺，通铺前有一米多宽的走道。房间里没有窗，只在通铺两边的墙面上半部，有大约两米多往上全是大大的玻璃墙，玻璃上有钢筋护栏。

护栏外面是二楼的走廊，躺在通铺上可以看到看守所的管教二十四小时在玻璃外的走廊上来来回回地巡视着，管教可以透过玻璃把房间里面的情况毫无死角地完全看清楚。

她头也不敢抬地走进监房，被号长安排在最靠里面的墙边铺位，她哆哆嗦嗦着爬上铺，双手抱膝蜷缩在墙角不敢动弹。房顶上两个大灯泡把房间照得通亮，后来几天她才知道，这两个大灯泡是二十四小时亮着的。她就这样半睡半醒地过了一夜。

两个月后她在警察的安排下与老枪取得了联系。原来，老枪用刀捅了孕妇之后就与二宝和耗子各自散了。他一直以为孕妇死了，所以当天晚上没敢回到租住处，一个人悄悄逃到外地藏了起来。她按警察的要求编了一通话把老枪骗了回来，约好在出租屋相见。

她远远地坐在警车里，看见一辆出租车在租住楼前停了下来。接着一只工装裤裤脚挽起的腿迈了出来，随后一个身穿灰色旧T恤身体健壮的人一身轻松地钻了出来。

这身影对她来说再熟悉不过了，于是她对车里的警察微微点了点头。车里警察对讲机的话音未落，早已埋伏在附近的便衣警察便像离弦的箭一般冲了出去，几个人同时把正吹着口哨准备进楼的老枪扑倒在地。

老枪力大如牛，一下子竟挣脱了扑上来的几个警察，如脱缰的野马沿着小巷向街外冲去，便衣警察在后面紧追不舍。

老枪被押回来的时候，他瞥见了警车里的玲玲，他怨入骨髓般凶狠的目光仇视了她片刻，随后朝玲玲吐了一口带血的口水。口水喷到玲玲面前的车窗上，她不由得向后一躲，浑身打了个冷战。

问询室里连扇窗户都没有。她被带进来的时候，看到房间一边有一个高起的台阶，台阶上的平台上面摆放着一张桌子，桌子后面有两张椅子。她被带到了台阶下面一张单独的座椅上坐下，随后两名管教坐到了桌子后面，高高在上地看身她。

“你的姓名。”管教表情严肃地在上面看向她。

她感觉到一种威慑从上面压迫下来。她紧咬嘴唇，低头不语。

“家庭住址。”

“……”但她可以感觉到严厉的目光正从上面射下来。

“哪个学校的？”

“……”

“你的姓名？”声音提高了一些。

问询室里灯光刺眼，吴杏雨突然觉得意识朦朦胧胧起来，耳畔远远传来妈妈的声音：“古木阴中系短篷……”

她不由得嚅动嘴唇，小声默念起来：“……沾衣欲湿杏花雨，吹面不寒杨柳风。”

她抬起了头，双眼蒙眬地仰望着上面的管教，呆了一会儿，她忽然说：“我叫吴杏雨。”

一束明晃晃的阳光照射了进来，照在吴杏雨惨白的脸上。她使劲闭着眼睛，眼前一片红晕。脑子里嗡嗡的声音逐渐退去，四下一片安静。她眼皮抖动着，她开始不停地眨动着双眼，终于慢慢张开眼睛。

首先映入眼帘的是头顶窗外灿烂的阳光和碧蓝的万里晴空。

张建铭松开手上的窗帘，走到她身边，目光坚定地说："我相信你应该已经找回自己了。"

吴杏雨缓缓坐起身，她觉得脑子里的混沌消失了，头脑清醒了许多。

走出心理诊所，吴杏雨缓步来到大街上。似乎很久没有见过光明了，此时的阳光晃得她有些睁不开眼。

她用手遮挡着阳光向远方望去，这里没有密密麻麻高耸入云的高楼大厦，而都是错落有致的矮楼。矮楼上方是晴朗无比的天空。

此时能见度极好，一望无际，她可以看得很远很远。她已经很久没见到这么蓝的天了，天空干净、清澈，如一潭碧水。几朵淡淡的云，似棉絮又似白帆，就那么轻轻地在望不到边际的一片蔚蓝色中飘荡着、飘浮着，不急不徐，悠然自得。

她觉得自己的心在突然间就松弛开来。

9

望着吴杏雨走出去的背影，刘亚楠眨着漂亮的大眼睛好奇地问老曹："那她是什么时候学会画画的？"

"在少管所里那三年学的。"老曹微笑着对美丽的刘亚楠说，"对他们这些少年犯基本上是以教育改造为目的，考虑到他们毕竟年少，将来出去后需要尽快能融入社会，所以都会根据他们的具体情况安排学习一些基本技能。”

张建铭也补充道：“我不是一直义务在少管所帮他们那里的学员做心理辅导嘛，就认识了老曹，他当时是少管所的管教干部。我建议给她安排了一个教画画的老师。本着试试看的想法，看看能不能用画画的方式与她沟通，没想到她竟然对这个没有任何抗拒，而且似乎很有天分，学得很快。”

“她当时就画了很多我们完全看不懂的画，画面上给人的感觉阴森灰暗。”老曹接着说。

“她刑满后，老曹就问我能不能帮她尽快安排一个工作，他担心像她这样的性格，如果不能尽快融入社会，极有可能再次堕落。我先后帮她推荐了几个公司，可她都是因为人际关系问题做不长。后来就推荐她到你们公司做插画师，我不是也因此认识了你嘛。”说到这儿，张建铭笑了起来。

刘亚楠也笑了，俏脸微微一红。

张建铭收起笑容，严肃起来：“说真的，吴杏雨虽然在少管所里表现良好，但她内心深处还是不能真正面对她的过去。所以她从少管所出来就干脆生活在她自己假造出来的这个吴杏雨的生活里了。”张建铭停顿了一下，看着刘亚楠继续说，“你成了她仰慕的偶像。”

刘亚楠瞪大了美丽的双眼，不解地看着张建铭。

张建铭继续说：“在她潜意识里，她觉得自己的过去罪孽深重，以至于无法原谅自己。所以她给自己编造出一个崭新的自己，过着完全另外的生活。潜意识里，她渴望重新开始生活。”说到这里，张建铭把吴杏雨的画递到她眼前，接着说，“你看，她在画上画的所有自己，都是借用了你的相貌、你的身材、你的装束，甚至你的家庭、你的工作。她几乎把你的全部生活都移植到她自己身上了。她潜意识里把你当成偶像，你的生活就是她想要的，她想追求的生活。

“在梦里她幻想着自己是一个相貌出众，身世不凡的女孩儿；她幻想自己事业成功，是公司的顶梁柱；幻想她还拥有一个真心爱她的爱人……”说到这里，张建铭意味深长地看了刘亚楠一眼，见刘亚楠并未注意到他的情绪变化，而是出神地听着他的分析，这才又继续说，“她希望嫁入豪门，不是为了钱和财富，在她有限的知识范围里，在她个人的字典里，嫁入豪门被定义为成功和幸福。她希望自己可以结婚生子。总之，所有代表幸福的元素都在她的梦里有所表现。这一切都昭示出她对幸福美好生活的渴望，现实生活中给不到她的，她就在幻想中得到。”

刘亚楠听完张建铭的分析，若有所思地说：“但她画中的‘刘亚楠’其实也并不是我，还是她自己。”

“是的，她不可能完全回避真实的自己。”张建铭说。

“嗯，我们在她的梦里都扮演着她幻想的角色。”老曹点点头说。

“那我们现在的做法岂不是打破了她的幻想？”刘亚楠心情复杂地说。

“她心底能有这种向往是好事，说明她对生活还是充满希望的，并没有丧失对生活的信心。所以，当你提出带她来见我，尽管她心情矛盾，但她也并没有反对，对吧？我正是看到这一点，才对她的治疗有了信心。”张建铭说到这里，眼中充满感激与敬佩地看着刘亚楠，“正是因为你观察仔细，在她平时的种种表现中发现了不正常的蛛丝马迹，及时带她来治疗。否则，长期下去，她一直被自己设置的心灵枷锁所束缚，早晚会精神崩溃的，那时后果将不堪设想。我得在此好好谢谢你，也替吴杏雨谢谢你。”说着，张建铭伸出手和刘亚楠握了握，随后也跟老曹用力地握了握手。

10

她走进了热浪包裹着的大街，很快就淹没在城市的繁华与喧闹之中。大街上人流如织，喧嚣嘈杂，吴杏雨漫无目的地走着，不知不觉中便来到了一条狭窄拥塞的小街。

街道两边伫立着式样老旧的楼房，一幢紧挨一幢，像火柴盒一样堆砌着，陈旧而凌乱。临街的楼房底层是各色食肆商铺，店铺上方竖立着密密麻麻、杂乱无章的店招和广告牌。

前面路口，在停下来等待红灯的车流中她看到了一个熟悉的身影，那是耗子。耗子嘴里吆喝着，在南来北往的车流中向司机贩卖着一些车用香水、挂件等车用小商品。

耗子无意间抬头看见了街边站立着的她，微微愣了一下。她冲他略一点头，算是打了招呼。耗子略微犹豫了一下，随即也冲她点点头，又眨了几下眼，一脸困惑不解的样子。

她没再理会耗子，继续向前走去。人行道的地面油腻腻的，在阳光的照射下蒸发着一种说不太清的五味俱全。经过一间卖肉小铺，吴杏雨和收款台里的二宝媳妇打了个照脸。

二宝媳妇见到她先是愣了一下，然后满脸堆笑客气地招呼她进去坐坐。她冲她摆了摆手，继续向前走。

经过小铺橱窗内肉案操作台，她眼睛的余光瞥见二宝媳妇从收款台凑到肉案前，对着正操着明晃晃的剔肉刀专心剔肉的二宝耳语几句，二宝傻愣愣地拎着刀从案后冲出来。二宝媳妇在后面忙拉住了他。她没有回头，嘴角向上微微翘了一下，露出一丝淡淡的不屑，继续向前走去。

又走了一段路，突然，从前面一条小巷里冲出来一个人，一边回头一边跑，没有留意到迎面而来的她，便与她狠狠地撞了个满怀。她被撞得险些跌倒，而那人自己也措不及防地摔了个四脚朝天，还没等他爬起身，随即被小巷中追出的两名警察用力按住，麻利地铐上了手铐。她站稳脚跟定睛一看，竟是老枪！

被反剪双手铐住的老枪也认出了她，二人四目相视，她眼睛眨也不眨，面无惧色地盯着他。最后老枪低眼躲开了她的目光，垂头丧气地被两个警察带走了。

拐进小街，她来到一幢工字形的筒子楼前。她停下脚步，有些迷茫地四处看着，周围的一切对她来说似乎既熟悉而又陌生。筒子楼的墙上用白色刷着一个个大大的“拆”字，再看周围的房子上也同样地刷着“拆”字。

楼里很多窗户已经残缺不全，破旧的窗框上挂着蜘蛛网，看样子这些房子里已经长时间没人住了。单从窗户的外观看去，这幢楼里大多数住户应该已经搬离，仅有为数不多的几家尚住在这里。

此时筒子楼下，三五成群聚集着一些人正在叽叽喳喳地议论着。其中有几个年纪大的人她认识，就是楼里的老邻居。岁月沧桑，令他们脸上沟壑纵横、皱眉蹙额，但她还是一眼就认出他们是当年的邻居叔叔阿姨。

还有一些生面孔，估计也是现在这个楼里的住户。毕竟自己离家这么多年，时过境迁，人来人往在所难免。

“给咱们的拆迁补偿也太少了吧，咱们这可是城中心呢。”

“就是呀，问题是咱们没有话语权啊，都是单位谈的。”

“那单位也得听听咱们住户的声音吧。”

“我听说旁边那楼他们单位就是要价高，一直没谈妥。你看，人家现在一户都没搬走。”

“哎呀，搬就搬吧，旧的不去新的不来。”

“哈哈，老王你倒挺想得开啊。”

“没有摧毁，哪有重生啊，是吧？哈哈哈……”

“嗐，关键看你心里怎么平衡了。”

“拆迁，想开点，也是好事，变迁更孕育希望嘛。”

“……”

她听着人们的议论，低头从他们身边走过。可能是有老邻居认出了她，她从他们身边走过时那些议论声显然小了许多。她斜眼瞄了一下，见有人在一旁指指点点，窃窃私语。

“哟，这不是玲玲嘛！”邻居中终于有一个老太太冲她打招呼。

她停下脚步看过去。

“哎哟，可有日子没见过你啦。”老太太热情地说。她有些不知如何作答，见老太太脸上呈现出一副欲言又止的表情，她担心她再询问下去，便匆忙点点头，嗯哈着匆匆走进狭窄的楼道。

11

楼道门已经残破不堪，只剩下了木门框，上面的玻璃一块也没有剩下。门框的边缘年深日久也早就没了棱角，磨成了圆边，门上油漆也褪光了，露出赤裸裸的木纹。

对开的两扇门一边打开，地上用半块破砖头挡住门脚，阻止它再关上。她从开着的那半边门侧身而入，拾阶而上。

楼道里随处都是人们搬家后遗弃的废旧物品，垃圾遍地，但楼道却明显宽敞了许多。

原本各家堆在门口的柜子纸箱子等被搬走后，墙面上留下了当年摆放过物品的一道道痕迹。楼道里还是光线昏暗，但因为堆放的物品大多已被清理，所以并非了不可见。

她顺着楼梯来到二楼，往楼道深处走去，轻车熟路来到一个房间门口。门虚掩着，从里面透出光亮。门外挂着一块浅色的门帘，她撩开门帘，轻轻把门推开。

房间里亮堂堂的，依然布置得很简单，陈旧的家具上虽然写满了岁月的痕迹，但收拾得很干净，靠窗的那张写字台上方的墙上还是挂满了照片。除了墙上的照片，整个房间再也没有任何其他装饰。

“这是我的家，一点儿都没变呢。”她心里想着，不知为什么突然泪如泉涌。

满头灰发的杜金明此刻正佝偻着骨瘦如柴的身体坐在桌前，一个人孤单地吃着饭。桌上只有小小一碟青菜，他手里端着一碗白饭，正用筷子往嘴里扒。听到门被推开的声音，杜金明扭过头来，看到进来的她，他一脸惊讶，张大了嘴，口里的饭都没来得及咽下。

“你、你、玲玲……”杜金明颤抖着双手放下碗筷，他似乎有些张皇失措，说话声音颤抖着，结结巴巴的。

她站在门口没动，两眼有些发直地盯着桌上的相框，那个相框上面印着“生日快乐，玲玲四岁生日留念”字样的玲玲和妈妈的合影照片还依旧摆在那里。在它前面多了另外一个黑色的相框，里面一张黑白照片，是中年时的林雅娴。照片里她略微消瘦，但仍不失端庄秀气，精心烫过的短发，让她显得更加成熟漂亮。

照片前放了一个香炉，里面插着三炷香，正香烟袅袅。

她脚步沉重地走到桌前，看着桌上妈妈的照片，她不由自主地跪了下去，脸上泪流成河。

"妈妈，我是玲玲……我回来了，你看看我吧……"她伏在桌上哭出了声。

"妈妈，求你不要恨我……是我对不起你……我不该恨你……是我害了你……我……"她说不下去了，泣不成声。

晶莹的泪珠从她眼睛里滚落，一颗颗地顺着她的脸颊滚到嘴角，顺着下巴滴落到胸口，掉在桌上。她声泪俱下，涕泗横流。她觉得有些支撑不住，干脆跪坐在自己的小腿上，抑制不住地失声痛哭，身体也随着哭泣而抽动震颤，不可自制。

她哭得昏天黑地，畅快淋漓。多少年了，她的神经一直紧绷着，现在的她已经失去内心强硬的支撑。她垮了，彻底地垮了。一切的情绪，纠结、压抑、压力、扭曲、痛苦、难过、懊恼、悔恨、忏悔，全部都在痛哭中释放出来。

她瘫软在地上，伏地而哭。她累了，她强撑了太多年，神经已经快要绷断了。她用哭宣泄着、诉说着、交流着，她终于找到这种最好的表达方式，这是她最真情的人性表白。

杜金明先是束手无措地呆立在一边，看着她哭成一团心痛不已，脸上早已老泪纵横。陪着她哭了一会儿，他突然心中一松，挂满泪痕的脸上露出欣慰之色。

此时的玲玲已经哭得没了力气，趴在地上喘息着。他走过去，弯下腰，犹豫了一下，又直起身。他又看了看哭成一团的玲玲，终于下了决心，颤巍巍地扶起瘫软成一团的玲玲。

杜金明没想到玲玲竟顺从地让他扶起，他赶紧拉过旁边的椅子，扶她坐下。玲玲呆坐在椅子上，脸上还在默默地流着泪。

杜金明看着她难过的样子，轻轻叹了口气，转身一声不吭地从脸盆架上取下一条毛巾放在脸盆里，又从暖瓶中倒出热水浇在毛巾上，拧干，递给了玲玲。

看着玲玲乖乖地接过毛巾，杜金明嘴里嚅动了半天，可又不知说什么。他手足无措地站了一会儿，抬起一只颤抖的苍老的手，试探了几次，终于抚着玲玲的头，吐出一句：“孩子啊，你终于回来了！”

12

林雅娴从二楼楼梯一直滚落到一楼，一声没吭便昏死过去。

她一直倒在黑暗的楼道里一动不动，直到有人下夜班回来，才发现了摔倒不起的林雅娴，忙去她家敲门，结果发现家里没人。那人连忙叫来了几个邻居，有人想把她扶起来，但被那人制止了：“不能乱动她，咱还不清楚她到底伤在哪儿了，千万别挪动她。”

“那怎么办呀？”有人问。

那人想了一下，低头问林雅娴：“林老师，您看看能不能躺平了？”

林雅娴哼了一声便试着转动身体，大家七手八脚地帮着疼得龇牙咧嘴的林雅娴躺好。

大家商量着接下来该怎么办的时候，杜金明拖着疲惫的身躯从派出所做完笔录回来了。

一看到地上的林雅娴，他顾不得疲惫，忙俯下身查看。然后他冲回家里，翻出一张床单，有人不知从哪里找来一个床板，杜金明把床单从林雅娴身下塞过去，请众人帮忙，大家一起合力把她挪到了床板上。

另一位热心的邻居推来了他的三轮板车，大家连同床板一起把林雅娴抬到了三轮车上。

邻居蹬着三轮，杜金明在旁边扶着床板一路小跑，把重伤的林雅娴送到了医院。

一直到第二天中午，林雅娴才从手术室里被推出来。诊断结果也出来了，林雅娴的伤是胸椎移动性损伤，虽然救治方法基本正确，但摔得过重，还是不可避免地导致高位截瘫。

听到医生诊断，杜金明犹如五雷轰顶，一下子跌坐在椅子上，半晌回不过神。他脑子里一片空白，他不敢想象这意味着什么，他对未来的一切感到茫然。

杜金明一直想不明白半夜三更林雅娴怎么会摔成这样，但他明显感觉得到林雅娴不愿意提起这事。终于有一次他鼓足勇气问她，她竟一口咬定是自己不小心摔的。

玲玲从林雅娴摔后就一直没出现过，联想到这点，杜金明心里已经猜出一二。既然林雅娴不肯说，他也就不再问。

林雅娴住院的那段期间，他除了悉心照顾她，还时常抽空去找玲玲。他找遍了市内的大小网吧酒吧，却始终未见玲玲的踪影。

林雅娴开始并不知道自己的病情到底有多严重，她对杜金明的无微不至充满感激，总说等病好了一定好好照顾他。

一想到林雅娴的诊断结论，杜金明心里就痛到肝胆俱裂，他犹豫了很久也决定不了到底该不该告诉林雅娴她的真实病情。

杜金明深深知道失去玲玲对林雅娴的打击有多大，再让她知道自己今后将永远离不开病床和轮椅，这对她的打击他完全不敢去想。

林雅娴到底还是知道了。当林雅娴知道自己从此只能在轮椅上度过自己的后半生后，她沉默了整整两个星期。这两个星期里，她一句话都没有说过，也没有流一滴眼泪。她只吃很少的东西，有时候甚至不吃，眼看着她两腮塌陷下去。杜金明也没有说，也说不出任何可以安慰她的话。他能做的就是默默地陪在她身边，一刻不离。

两周后，林雅娴似乎精神好些了。她开始吃饭，但饭量很小。平时话也很少，惜字如金，而且几乎不再有笑容。从那以后她开始大把大把地掉头发，杜金明带她看遍了中医西医，毫无作用。从那时起，她头发稀疏得几乎遮盖不住头皮。

林雅娴本来是个对生活很有要求的人，瘫痪之前，家里都是她收拾。她是个眼里不揉沙子的人，所以简洁的家里从来都是一尘不染。

瘫痪后她就变了，变得无欲无求，整日蓬头垢面。更多的时候，她经常一个人发呆，她似乎习惯了头歪向窗户那边躺着，两眼无神地一直看着窗外。

杜金明与她说话的时候，她常常似听非听，答非所问。再后来杜金明发现她时常自言自语，可是她说的是什么他听不清。

杜金明发现林雅娴经常夜里做噩梦，他常常被她从睡梦中的喊叫声中惊醒。

最初几年她的梦应该都与玲玲有关，她一直哭喊着玲玲的名字，直到哭醒。渐渐地，她不再提及玲玲，任何与玲玲有关的事情她都刻意回避。

又过了一段时间，杜金明发现林雅娴越来越多的时候都在自言自语，听得多了，他终于听明白那些没人听得懂的自言自语，其实都是她嘴里含混不清的诅咒，连夜里做梦也是在骂。可他又不知道她到底在骂谁。

杜金明问她到底是怎么回事，她只是对他傻傻地笑笑。

13

杜金明被玲玲诬陷的事随着玲玲的不辞而别，便再也调查不清楚了，最后只能不了了之。

虽然多数人相信杜金明是被玲玲无中生有地陷害，但是毕竟没人可以证明，况且这种事似乎周围的人都宁可信其有。邻居们从那以后看他的眼神都是怪怪的，他心里痛苦万分，可是他就是全身都长了嘴也说不清啊，他只能全当没听见也没看见。

在学校里这件事的影响就大了。一些好事的家长到学校投诉，说有这样名声的人不适合再留在学校，否则他们无法放心让孩子到学校来学习。

本来学校还是相信杜金明的人品的，以为事情过一阵子就会被人们渐渐淡忘，所以没有对他做任何处理，只是暂时让他做些行政工作，少一些课堂教学。但一些家长不依不饶，非要求学校给他们一个说法。学校没办法，只得找杜金明谈话，跟他商量看怎么办。

杜金明心里非常清楚，他不想让学校为难，便借口说需要更多的时间和精力在家照顾林雅娴，就主动辞职了。

杜金明每天不停地忙碌，他除了给林雅娴喂水喂饭，翻身洗澡，搓胸揉背，端屎倒尿，还要打扫房间，买菜做饭，洗洗涮涮。除此之外，每周还要抽出一两天时间给学生补课。

离开学校后，杜金明只能靠在家里给一些学生课外补课挣些钱。林雅娴也办理了病退，有病退工资。两人的收入加在一起虽然勉强够用，但由于林雅娴治病的花销太大，平时只能节衣缩食。

林雅娴瘫痪在床和她失去了玲玲这两件事，让杜金明对林雅娴的精神状态始终提心吊胆。他从来不放心把林雅娴一个人留在家里，虽然知道她只能躺着哪儿也动不了，但杜金明依然时刻不会让她离开自己的视线。即便是去买菜，他也会推着轮椅把她带上。天气好的时候，他更要带她出去晒晒太阳。

每次出门，杜金明先是把轮椅提到楼下，然后再回来把林雅娴背下去，放在轮椅上坐好，再推着她走，两人形影不离。邻居们看着杜金明对林雅娴不离不弃的照顾，全都心生同情，渐渐地对他消除了成见。时常有人会多做一些饭菜送来。杜金明出门不方便带着林雅娴的时候，也有人会主动提出帮他在家照顾林雅娴。

人们都不再用异样的眼光看他，有些人开始为他打抱不平，指责玲玲小小年纪，心肠却如此歹毒。杜金明往往在这种时候都会制止别人对玲玲的指责，只说她少不更事，将来总有一天会明白的。

杜金明是个乐观豁达的人，他常常开导林雅娴，给她讲笑话，读报纸，有时候还唱歌给她听。他自己还找来了很多关于照顾瘫痪病人的书和文章看，他甚至还去学会了按摩和针灸。平时他经常做的事就是一边给林雅娴按摩，一边跟她聊天。给她讲外面发生的各种大事小情，足不出户林雅娴也能知道外面世界的变化。

但有一个话题两人从来不碰，那就是玲玲。

时间飞逝，转眼十多年。林雅娴几个月前因并发症离开了人世。杜金明知道，林雅娴走得不放心，她心里其实一直惦念着女儿。

这么多年来，虽然她嘴上不说，但她心里想什么杜金明十分清楚。他明白她为什么习惯头歪向窗躺着。她那样并不是在看窗外的风景，而是一直盯着桌上和玲玲合影的那张照片。

听杜金明讲这些的时候，吴杏雨已经不哭了。听他说完，她默默地走到桌前，捧起林雅娴的遗像，用手擦拭着玻璃镜面。她擦得非常仔细，不留一点儿灰尘和印迹。然后又拿起旁边她四岁生日时与妈妈的合影，仔细端详着。

杜金明突然想起了什么，起身从床下拉出一个古老的柳条箱。他打开箱子，从箱子里面拿出用白色手绢包着的一小包东西，把它递到她手上。

她小心地打开，一看到了手绢里包着的东西，她的心狠狠地疼了起来。手绢里包着的是那个翡翠镯子，碎片被努力拼粘在一起，虽然上面的裂纹明显，还有部分缺漏，但是它还是被黏合在一起尽量保持着它原本的完整……

“你看，这房子就要拆了，我一直没敢搬呢。”杜金明小心地说。她嘴角颤动了一下，想说点什么，但话没说出来。

“我就怕，这要是搬走了，你万一回来了，可上哪儿找我们呢。这下好喽，不用担心啦。”杜金明开心地笑了。

吴杏雨心又是一阵疼，她赶紧把镯子捂在心口，眼泪又哗地涌出来。

尾声

十年后。

某大学的阶梯教室里已经坐满了来自全国各地的心理学教育学的学者、专家、教授、老师、学生。这里正在进行关于青少年心理健康与教育的讲座，人到中年的张建铭在讲台上正在发言。

“……很多有心理疾病的患者，如果能在早期的时候，他们周围的人，不论在家里、学校或单位，家长或是学校的老师、同学，或者单位的同事，能够对他们的关心更细致一些，多数情况下他们就不一定会陷入心理困境，受这样或那样的心理疾病的折磨。

“我们大多数人对生理的疾病都比较重视，平时打个喷嚏，都会想是不是着凉了，会不会感冒了，家人也都会提醒你要注意休息或是多喝水等。可是我们对心理疾病的预防和关注就弱了很多。特别是现在的孩子，多数都是独生子女，从生下来就处于众多的呵护中，缺乏独立思考的能力，对家长或家里的长辈过度依赖，认为凡事都有老爸老妈帮着解决。所以当他们遇到一点点挫折的时候，就会觉得备受打击，心理承受能力极差，既而出现严重的心理问题。

“现在社会上，多少花季少年因为一点点小事，比如成绩没考好，或是被老师批评了，或是被同学嘲笑了，就轻易地结束了自己的生命。

所以，从小培养孩子的乐观豁达的性格非常重要。从我刚才讲到的这个案例中我们就可以看出，患者父亲的去世是她人生的一个转折点。在那之前她曾经是个快乐天真无忧无虑的小女孩儿；而父亲去世后，母亲对她过于呵护，包办一切，甚至牺牲自己的幸福。这是她母亲在对她的教育方面的第一次失误。母亲在患者十几岁时的再婚再次刺激了她。她当时正值青春期，本来就叛逆，而家长在自己再婚这个问题上又缺乏正确引导。这是她母亲的第二次失误。

“从孩子的角度来看，她已经失去了父亲，而母亲再婚，令她又失去了母亲，她本能地认为是继父抢走了母亲，所以患者与母亲和继父之间出现严重的对抗情绪。但是从母亲的角度看，她认为我已经为你付出了这么多，现在你已经长大了，而我也终于找到属于自己的幸福，作为女儿理所应当体谅一下母亲。当孩子出现逆反心理的时候，家长和孩子之间又缺乏沟通。这一而再、再而三的失误最终导致矛盾激化……”

张建铭的讲座引起了在座听众的激烈反响，大家就这个患者的患病因素展开了辩论，有人认为学校也负有一定的责任，还有人提出邻居的闲言碎语也有一定影响。

最后，张建铭总结说目前对于学生的心理健康教育已经引起社会各界的关注，越来越多的家长已经意识到对子女的教养方式会不同程度地影响到孩子的心理健康；学校是学生学习、生活的主要场所，学校对学生心理的健康发展担负着重要的责任。现在很多学校开展了心理健康教育，有的还为学生建立了心理档案。心理教育是一个系统工程，需要学校、家庭、社会的共同努力。

这时，阶梯教室的门被推开了，一位四十岁左右的中年女性从容淡定地出现在门口。她头发干练地盘在脑后，白净的面容上略施粉黛，打扮干净，气质恬淡。她虽然不漂亮，但全身散发着一种知性美，让人看着很舒服。

看到她进来，张建铭起身向她走去，和她热情握手，然后他对着台下的听众郑重地宣布："今天我们荣幸邀请到这位蜚声海内外的知名教育心理学教授来和我们一起分享她的经验。她也是我们这所大学毕业的一位教育心理学博士，她在这个领域发表过多篇很有成就的学术论文，她还著有多部这方面的书籍，在业内广受赞誉啊。"说着，他彬彬有礼地一伸手，把她请到讲台前。

她沉稳地走到讲台前，大方地目视着台下乌压压的听众，优雅地开口说道："大家好，我是吴杏雨……"

吴杏雨挽着杜金明的胳膊回到了当年的筒子楼所在地，这里已经变成了一处高档购物中心，广场上的喷泉随着快乐的音乐舞动着。

此时的杜金明已经七十多岁了，人依然清瘦，但精神矍铄。他笑呵呵地说："哎呀！这里变化真是太大啦，要不是你带我来这里，我根本都认不出来啦！"

"爸，旧貌换新颜啦！"她笑着说。

盛夏的骄阳猛烈地照射着大地。她站在骄阳下。

此时湛蓝的天空上，一架银色的飞机划过碧空，拖起一道长长的白线。仰头望着蓝天，她开心地笑了。

后记

前几年的一个夏天，我们去贵州为之前的一部电影采景。在地处偏僻闭塞的大山里，途经一座不知道是什么年代废弃的铜矿区。站在路边仰望这片废弃的矿区，就是现在小说中描述的真实场景：山坡上是一大片几乎望不到头的废弃厂区。厂房、办公楼等各色建筑层层叠叠地沿坡而建，鳞次栉比，蔚为壮观。这些建筑物之间杂草丛生，连接各厂房及办公楼之间的甬道在杂草中若隐若现。所有建筑已经非常破败。建筑物上的窗户几乎没有完整的玻璃，甚至有一些连窗框都不见了，窗口黑洞洞地敞开着……

我们当时就被这种极具电影感的场景深深地震撼了！面对这样的荒芜和衰败，你无法不在脑海里去追溯其久远的年代，控制不住地想象着在它日渐荒废的进程里，埋葬了多少数不清的往事……

从偶遇这座废弃矿区的那一刻起，想要写一个与这个废弃矿区有关的故事的念头就深深地刻进了我们心里。“埋葬”——这个词带有沧桑的时代感，悲情气息，而且充满惊悚气质；而“废弃的矿洞”可以埋葬太多的记忆，甚至罪恶。以“废弃的矿洞”为故事背景，这样的故事具有很强的原创性、新鲜感和神秘感。

真正令这个故事起步的是“镯子”这个灵感，它激活了整个故事的人物设置，激发了最初的情节设定。

我们花了很多时间来确定这个故事的主题。我们相信，一部好的作品必须要有足以能够引起更多的人共鸣的东西。亲情，是每个人都无法割舍的情感，平淡生活中它如水一般，不足挂齿。然而，在我们每一个人的生命里，它却是最重要的，是最能唤起每一个人心灵感触的东西。我们确定把笔墨围绕在母女感情这个层面。我们设定女主人公因为心底有不可触碰的痛苦，于是患有选择性遗忘症。

我们把完全现实发生的戏剧冲突放在人物的幻觉中，让故事的叙事结构由线性叙事上升为非线性叙事，最后增加了一层反转。反转，对于悬疑故事来说，无疑是读者最期待的；同时把故事结尾落在女主人公终于敢于面对自己，承认过去，接受现实，并与母亲及继父的相认，使故事在感人催泪中结束。

最初故事的雏形就这样形成了。但是我们都觉得还要寻求更深层的思想，需要有更大的突破。再经过反复讨论、研磨，我们决定应该再深入挖掘母女多年分散不相认的原因，并从而探讨更深一层的人性分析及当前存在的家庭、学校及社会教育的弊端及不足，希望可以此警示社会。

同时我们想把故事的类型确定为心理悬疑，让主人公的现实与虚幻交错，让同一个人物在现实与虚幻中的两条故事线并行且互有交织。我们最终决定给主人公设置一个身世之谜，然后让她主动去寻找并解开自己的身世之谜。

镯子是一个非常好的象征符号，我们刻意突出镯子在整个故事中的作用。完美的玉镯既可以象征少女的纯洁，又可象征家庭的完好。镯子被打碎，不但破坏了女孩儿的纯真，更击碎了家庭的完整。所以镯子应该在整个故事中起到穿针引线的作用。现实中的镯子由完好到破碎，象征着女主人公的心碎与坠落；梦境中的镯子被女主人公的想象修复得非常完美，象征她对完整家庭和重新做人的向往。镯子因此在故事中无论对女儿还是对母亲、继父都是相互间心底最深刻的思念与寄托。

矿洞同样是一个非常好的象征。荒废的矿洞可以寓意被丢弃或失落在记忆深处的往事；洞底就是主人公最不愿去触碰的秘密；走进矿洞就像是对过去的探险与揭秘；走出矿洞意味着走出过去的阴霾，走向光明的未来。

弗洛依德认为：梦是愿望的满足，梦=被压抑的欲望+伪装起来的满足。在梦境里，人可以伪装成在现实世界中无法成为的样子，可以弥补不完美的现实。早已破碎的镯子在梦中也被精心镶嵌银花，修饰完美。可是梦总会醒来，犯过的错、造成的伤害以及内心的痛苦挣扎不会真的消失。

梦是碎片式拼接的，是天马行空的，没有时间和空间的桎梏。于是我们将非线性叙事做得更彻底，彻底将时空打乱，让主人公在时空里穿梭，甚至让时间倒转，一遍遍重回事件的起点，去重建最原始真实的自己，寻找自己的身世之谜。

为了让故事情节更加合理、内容更加严谨，写作过程中我们走访了北京大学的心理学专家。就我们小说中有关心理分析的一些设置、细节以及可能涉及的专业问题与专家进行了深入的沟通与探讨，并根据专家意见对小说相关情节进行了相应调整。

我们把情节设置成在主人公心理治疗过程中一层套一层的梦境中逐渐推进，让主人公在梦境中挣扎，也在时空错乱中和自己的伪装肉搏。

故事中废弃矿洞深处的坟墓象征着主人公的过去。我们让她一次又一次走进矿洞，在试图埋葬过去的徒劳中，不停地挣扎，不断地拷问自己的良心。通过这样的结构设计，以女主人公的视角带领读者走进她的内心世界，直击她的撕裂与挣扎，体会人性恶意与善念的搏击。

喜爱悬疑推理故事的读者最迷恋的就是用自己的逻辑推理能力与作者

角力故事情节的发展，这也正是这类小说故事的魅力所在。

在小说中通过女主人公一层套一层的梦境推进情节发展，令人难辨真伪，配合出人意料的反转更使寻找真相成为烧脑悬念，让读者以为猜到了结尾，却想不到还有更猜不到的结局。

刘辉　艾翎